地下偶像杀人事件

[日] 远藤骗 著　　佳辰 译

上海文化出版社

图书在版编目（CIP）数据

地下偶像杀人事件/（日）远藤骗著；佳辰译. —
上海：上海文化出版社，2024.7（2024.11 重印）
ISBN 978 - 7 - 5535 - 3004 - 8

Ⅰ．①地…　Ⅱ．①远…②佳…　Ⅲ．①长篇小说—日
本—现代　Ⅳ．①I313.45

中国国家版本馆 CIP 数据核字（2024）第 107991 号

OSHI NO SATSUJIN
By Kataru Endo
Copyright © 2024 by Kataru Endo
Original Japanese edition published by TAKARAJIMASHA，Inc.
Simplified Chinese translation rights arranged with TAKARAJIMASHA，Inc.
through the English Agency（Japan）Ltd.，Japan.
Simplified Chinese translation rights © 2024＊ by Shanghai Culture Publishing House

Cover illustration © Chom

图字：09 - 2024 - 0308

出　版　人：姜逸青
责任编辑：王皎娇　董申琪
装帧设计：张擎天

书　　　名：地下偶像杀人事件
作　　　者：［日］远藤骗
译　　　者：佳　辰
出　　　版：上海世纪出版集团　上海文化出版社
地　　　址：上海市闵行区号景路 159 弄 A 座 3 楼　201101
发　　　行：上海文艺出版社发行中心
　　　　　　上海市闵行区号景路 159 弄 A 座 2 楼　201101　www.ewen.co
印　　　刷：上海盛通时代印刷有限公司
开　　　本：889×1194　1/32
印　　　张：7
版　　　次：2024 年 9 月第一版　2024 年 11 月第二次印刷
书　　　号：ISBN 978 - 7 - 5535 - 3004 - 8/I. 1162
定　　　价：59.00 元
告　读　者：如发现本书有质量问题请与印刷厂质量科联系 T：021 - 37910000

事务所的地板上正躺着一个死去的男人。

那是我们的社长。

数小时前还活生生的社长，此刻却一动不动。

面对社长的尸体，我们三名成员怔怔地站在那里。

和泉在不停地眨眼，黛玛则精神恍惚地垂着头。

社长死了，被人杀死了。

"怎么办，瑠衣？"

和泉问我。

黛玛也求救似的看向了这边。

我也想找人问问。

现在该如何是好？

社长怎么死了？

我下意识地在脑中回放今天一整天的经历。

但这毫无意义，无论怎样回顾过去，社长也无法复生。

即便如此，我仍在回想着。

回想着当我们还只是偶像的那些日子。

*

"瑠衣，你最好还是多有一点危机感吧。"

在演唱会结束后的特典会上，一名男观众对我说了这样的话。他是常客，经常来看演唱会，也是为数不多单推①我的粉丝之一。

当我们用拍立得相机拍了合照，像往常一样闲聊之时，他突然提出要"多有一点危机感"，我一时间茫然失措。

祥和的气氛骤变。我身边负责用拍立得摄影的兼职工作人员面带苦笑旁观着这一切。

男人一脸苦涩地继续说道：

"刚才的演唱会，你敷衍了吧？"

"没有那回事哦。"

我笑着摇了摇头。

聚集了诸多偶像团体和粉丝的联合演唱会的会场热闹非凡。

粉丝们在演出场地前厅设置的贩卖展台上购买了拍照券，此时正排着长队，与各自支持的偶像们享受着见面的时光。

一眼看去，偶像们的脸上都挂着清爽的笑容，打心底里愉快地享受着特典会。我也能展露同样的笑容吗？可我没有自信。

"狂舞也好举高也好，你一点反应都没有，我们好不容易才把气氛推高，看到你这样，也难免会泄气的。"

男人故意大声叹气，他的眼睛像是落了霜一样白蒙蒙的。

"我觉得我已经尽力了哦。"

我摆出了稍微受伤的表情，今天演出会场禁止在观众席冲撞肢体的"狂舞"，也禁止客人们互相抬起的"举高"，这一点我并没有说。

比起说服他人所付出的辛苦，还是把指责全盘接受下来的负担比较轻。

"既然瑠衣是职业偶像，只要站在舞台上，就要全力以赴。"

---

① 流行用语，"推"是支持某成员或组合的意思。只推一人为"单推"。

每当他开口说话时，口罩就会从鼻梁滑落下来，露出男人的鼻子。泛着油光的皮肤上，黑黢黢的毛孔格外扎眼。

气氛令人不适，兼职摄影师无精打采地摆弄着相机。

或许是觉察到了异样，正在指挥等候队伍的社长朝这边看了过来，刚与我四目相对，便若无其事地移开视线，继续指挥排队等待和其他成员合影的客人。

"其实我也不愿说这种话，我是为了你好才这样说的。"

他语气热忱，简直就像教导问题儿童一样。记得这人自称是初中教师，"那是一份与偶像截然相反的工作"，他曾面带自虐又自豪的笑容说过这样的话。

而我并不觉得这两种职业完全相反，偶像和教师其实很相似。

偶像在舞台表演，教师在讲台授课，各自在自己的演出场地接受诸多目光的洗礼。

偶像一方面被奉为圣职者，另一方面也被人轻侮，被视作不谙世事的人。

即使是私生活，也被要求维持符合自身形象的人设，持续接受审查。

在这般重压下罹患精神疾病的人数不胜数。

"稍有松懈，一眨眼的功夫便会被观众抛到脑后，可爱的女孩子多的是。"

这话倒是不假，可爱的女孩子多如星尘。

"无论何时都要保持危机感。"他似在强调考点般反复叮嘱。

"好的，我会努力的。"

我点了点头，男人的眉头瞬间挤在了一起。

这似乎不是他所期待的回答，眼镜背后的眼睛骤然变细，之前沸腾的热忱眼看着退了下去。

我听到了他的咋舌声，威胁似的尖锐语调即便隔着口罩也清晰地传了过来。

"你为什么要成为偶像?"

扔下这句话后，他扭头离去。

我默默地目送他远去的背影。

对方深感失望，就像是面对无可救药的问题儿童一样。这人大概不会再来参加演唱会了吧，我失去了一位宝贵的粉丝。

而我并不气馁，也不认为自己的回应方式有任何问题。

出乎意料的是，我的内心异常平静，没有起一丝波澜。

是因为心如止水，还是已经干涸见底了呢?

为什么要成为偶像?

说起来，究竟是为什么呢? 我从未深入思考过。

从我被选拔为大阪的偶像组合"星光★宝贝"的初代成员的那一天起，已过去将近四年的时光。

从那以后我们便一直以现场演出为主展开活动，在社会上被称为地下偶像或现场偶像。

成立时我们是七人组合，但历经多次成员的加入和退出，如今的星光★宝贝变成三人组合。

留在组合里的初代成员就只有我了，其他人都已从偶像生涯毕业。

昔日我们也会定期举办单独的演唱会，而现在主要活动是参加在演出场地与其他事务所合办的每月二十场的联合演唱会。

通过参加联合演唱会，每次能招来十多名客人，但仍不具备被邀请参加偶像嘉年华的集客能力。

中游偏下，作为地方的地下偶像，星光★宝贝的排名就是如此。

为什么我仍在继续当偶像呢？

舞台打下的灯光，观众席上的声援，飞溅的汗水，充沛的热情和激情。

刚开始当偶像时，每场演唱都会伴随着少许脱离日常的感觉，多少能收获一些满足。

但如今各种感觉都已丧失殆尽，就似流水线操作一样，重复着规定的动作，等待演唱会结束。

那么，我为什么要当偶像呢？

我一直思考到特典会结束，但仍未找到答案。

*

"瑠衣，合影的时候是不是遇到麻烦了呀？"

回到会场的后台时，黛玛向我搭话。

后台还算喧嚣，特典会结束后，女孩们按各自的组合聚在一起，一边谈笑风生，一边做着回家的准备。

"只是被客人训了一顿。"

"真的吗，他说了什么？"

黛玛把脸凑近，涂着红色眼影的眼睛里渗出了好奇之色。

"就是叫我不要敷衍，站在台上的时候要全力以赴。"

"心累啊，"黛玛摆出了苦脸，"演唱会结束的时候已经很累了，真希望别搞什么说教，放过我们吧。"

"他说的其实没错。"

连我自己都觉得今天的演出状态很糟。

近来在演唱会上会忽然喘不上气，有时会因呼吸困难而痛苦不堪，在外人看来就是在敷衍吧。

"被人义正词严地训斥是最痛苦的。"

黛玛一边笑着，一边用湿巾擦着身体，湿巾的独特甜香味飘散开来，小型演出场地并没有配置淋浴设备之类的东西。

"哎，亏你忍得了，换我的话，绝对会回嘴的。"

没错，如果是黛玛的话，肯定会反击的。她就似一只松鼠，身体虽小，却狠劲十足。

我曾见过黛玛对惹毛她的客人反唇相讥的场面，有时她还会连珠炮似的说出"蠢货""白痴""废物"之类杀伤力极强的词汇。

按她自己的说法，这是体内"花车①的基因在躁动"。

有人被黛玛的花车基因吸引，也有人因此退避三舍，实际情况是后者居多。

"瑠衣偶尔也该回回嘴嘛，要是嘴不好使，那就动手，那些讨嫌的客人就该给他们点颜色瞧瞧。"

"不可以使用暴力啦。"

"做个'暴力系偶像'也不错哦，不是有个组合不搞握手会专搞什么'耳光会'吗？现在这个领域的竞争小，算是蓝海市场呢。"

"马上就会被客人的血染成红海的。"

"挺能吐槽的嘛。没有坐垫②，赏你湿巾一片。"

我用递过来的湿巾擦了擦身体。

"不过，说真的，瑠衣也该严厉地说几句比较好，把自己讨厌的事情告诉客人也是重要的沟通，要是不这么做，有些人就会拐到奇怪的方向。"

---

① 指花车游行，盛行于以大阪为中心的西日本地区，以大阪府岸和田花车祭最为知名。
② 在日本的搞笑节目中，表现优秀的人能得到坐垫的奖励。

有些人会拐到奇怪的方向，结果就是将好意变作憎恶。昨日粉今日黑的事情并不稀奇。

"要是你自己说不出口，就交给社长处理，可以让他拒绝那些出格的客人入场。"

"社长啊……"

我想起了那个对麻烦事避之不及，火速挪开视线的社长的侧脸。

"虽然不知道他能不能妥善处理，那个社长只知道围着 C 位^①大人转啊。"

话音刚落，后台的门打了开来。

从门口露出脸来的是和泉，这样一来，星光★宝贝的全体成员就齐聚在后台了。

"辛苦了。"

和泉走进了化妆室，她那轮廓分明的五官加上修长的身体，散发出足以匹敌 C 位的存在感，只是举手投足莫名有些不安，表情也很僵硬。

"辛苦了。"我回应道。

"冷死了，门。"黛玛皱起眉头，连看都不看一眼。

"啊，对不起，"和泉关上微微敞开的门，尴尬地笑了笑，"今天好冷啊，怎么会冷成这样呢？"

"因为是冬天啊，现在是一月份。"

黛玛依旧十分冷淡。

和泉的脸色愈加尴尬，但仍继续着对话。

"总感觉一年冷过一年了，上小学的时候，寒冬腊月也能穿着短

---

① 流行用语，指组合或团队表演时站中间位置的核心人物。

7

袖在外边跑来跑去，妈妈还会……"

"你刚才那个演出算怎么回事？"

黛玛打断了她的话，和泉脸上的笑容完全消失了。

"那个，我，呃……"

"不管是跳还是唱都一塌糊涂啊，动作完全放不开，声音也一点都发不出来，我还以为只有你没开麦呢。"

"我有点不舒服……"和泉低着头回答道。

"就算不舒服也要想想办法，哪怕生理期痛得差点死掉的时候我都能完美地完成演出，不管多么困难，也不能让人看出来，这才是做偶像的道理吧。你欠缺做偶像的觉悟。"

黛玛尖锐地说道。她讲这些话的神情，和笑着听我说被粉丝训斥的事时那种敷衍模样完全不同。

为了不让后台其他组合的成员听到，黛玛压低声音责备道：

"你就是单纯没干劲吧。地下偶像的现场演出随便应付一下就好，所以就不当回事了？"

"不，不是那样的。可是，我……"

"可是什么？"

"……对不起。"

"总而言之，请你认真一点，不要拖组合的后腿。"

和泉轻轻点了点头，像是忍耐什么似的咬紧嘴唇。

"对不起，我去趟洗手间。"她拿起包离开了后台。

"有什么话就直说嘛，真是既没干劲也没胆量啊。"

黛玛靠在折叠椅上叹了口气。

"为什么这种人会成为星贝的 C 位呢？"

在和泉加入之前，星光★宝贝的 C 位一直是黛玛。

黛玛以成为团队核心为傲，为了保住C位也从未懈怠，她在练习中比别人刻苦得多，表演能力是组合中最优秀的。

而取代黛玛位置的人正是和泉。

和泉是毫无偶像经验的大学生，不管是唱歌还是跳舞，黛玛都比她优秀得多。

尽管如此，事务所仍提拔和泉站上了C位。

一直坚守的位置被一个毫无经验的新人，且还是同为十九岁的人夺走，黛玛怎样都无法接受。

"让一个完全业余的人做C位，简直是星贝的耻辱。"黛玛由此开始了对和泉的苛待。

半年过去，两人之间的隔阂并没有消除，反倒有加深的趋势。

我从眉头紧锁玩着手机的黛玛身后走了过去。

"我去打个电话。"

我出了后台，沿着狭窄的走廊去往洗手间。

打开女厕的门，我的视线和站在洗手台前的和泉对上了。她紧按腹部，看上去很是痛苦。

看来腹部疼痛正是她不适的原因，和泉大概是不想被人觉察才逃进洗手间的吧。这和我的猜想一样，虽然我并不想猜中。

"生理期？"

我姑且确认了一下，和泉摇了摇头。

"可以看看吗？"

我伸手去摸和泉的演出服，小心翼翼地掀开廉价的缎面，看到她的腹部已然化作了暗紫色。

那是瘀伤，还很新鲜，应该是昨晚或今晨弄上去的吧，白皙的皮肤被刻上了黑紫的淤青，看起来就像诅咒。

"太惨了……"我不由得脱口而出。

"只要不动就不会太痛，"她皱起眉头，露出洁白的牙齿，"医生也说只要一两周就会退下去了。"

"那是要静养才行吧，"连外行人都知道，这副样子参加演唱会是很不明智的，"这个淤青，并不是事故吧？"

和泉没有回应。

"是你男友弄的吧？"

我又问了一声，沉默过后，和泉无力地点了点头。

又来了，和泉挨打已经不是第一次了。我上周偶然注意到，她的上臂也有过很深的瘀伤，当时是新年后的第一场演出。

按和泉的说法，她是和交往的男人起了争执后挨的打，由于对方含泪道歉，保证再也不会动手，于是她选择原谅了对方。

"又被打了吗？"

手臂的伤尚未痊愈，就毫不留情地殴打要害。

"他是喝多了，好像一喝酒就特别容易发脾气。"

作为受害者，和泉反倒为对方辩解，这看起来并不像是出于感情，而是发自恐惧。或许是连自己也对此感到羞愧吧，和泉急忙补充道：

"施暴的男人是最差劲的，我也知道应该马上分手。但我觉得我要是离开他，那个人有可能就没救了，"她沉默了数秒，又小声补充道，"要是跟他提分手，我真不知道他会做出什么。"

后半段话大抵是发自真心吧。刚刚承诺不再施暴，转眼就大打出手，像这样的男人，如果提分手的话确实有变本加厉的风险。

"这事你有没有找别人商量？"

对于我的提问，和泉摇了摇头，她没有告诉任何朋友，是打算一个人扛着吗？和泉的父母因工作原因长居国外，似乎连家庭的后盾都难以依靠。

"还是报警比较好吧。"

因遭受暴力而留下了这种程度的瘀伤，要是报警的话，想必警方会有相应的处置吧。

"报警不行啊，要是把事闹大，会让爸爸妈妈担心的，而且我可能就没法在星贝待下去了。"

没错，要是这事被社长知道了，他肯定不会保持沉默。

我们的组合禁止恋爱，合同上写得明明白白。之前也有过因恋人曝光，违反合同而被迫退团的成员。

不管是在合同中强行禁止恋爱，还是因违反这条条款而被迫退团，这些都是不合理的做法，可这样的不合理却在这个行业里畅通无阻，偶像便在如此扭曲的戒律之上得以成立。

"没事，不用担心，"和泉强作笑容，"我自己的事情自己解决，我会找男朋友好好商量一下的。"

一出手就毫不留情攻击要害的人会冷静地听人讲话吗？要是凡事可以用商量解决，又怎会屡屡施暴呢？

"交涉的时候我也去吧？"

"不，不用了，我一个人就行，真的没关系。"

和泉明确地说道。与其说是谢绝，更像是拒绝。

我有些诧异。原来她和我竟这么疏远吗？或许这才是理所当然的，毕竟我们只是同属一个组合的关系。

"和男朋友见面的时候一定要选在有人的地方，比如白天的咖啡厅。"

"等等！"和泉叫住了正待离开洗手间的我。

"瑠衣，千万别把这事告诉任何人，特别是——"

"我不会跟黛玛说的。"

我接过她的话，许下了承诺，上回也是这般被她要求保密。

"谢谢你，"和泉松了口气，"今天我就在洗手间换衣服，要是黛玛问起来，就帮我蒙混过去。"

"知道了。"

"要是被黛玛知道这事，她怕是要气坏了吧，肯定会说'居然会去和男人交往，你欠缺做偶像的觉悟'之类的话。"

她学着黛玛的语气"哼"了一声。

"摆偶像架子讲些场面话倒是挺厉害的，不过还是希望揽客的能力超过我以后再说这种话吧。"

我听着背后传来的讥笑，走出了洗手间。

回到后台，换好便服的黛玛主动向我打招呼。

"电话打了挺久的哦，是跟谁聊呢?"

我一时没能听懂她的意思，但旋即回想起之前是声称要打电话才走出后台的。

"公寓的物业，房间的空调不太灵。"

"哦。"

黛玛含糊地应了一声，随即又摆弄起了手机。

我穿着演出服坐在了折叠椅上。

身体上还残留着湿巾的香味，是人工香精的过剩甜腻。

是非常适合偶像的香味。

*

"太堵了吧，完全开不动。"

事务所社长羽浦用手指敲击着方向盘。

从演出会场返程的路上，傍晚的高架严重塞车，黯淡的红色尾灯一路延伸至遥远的视野尽头。

　　"要是早点出门，是不是就不会堵了呢？"羽浦透过后视镜盯着后座的我，"下次要早点做好回去的准备。"

　　"对不起。"我低下了头，因为我换衣服慢了，导致出发晚了几分钟。

　　"没什么，也不是什么大事，"羽浦懒洋洋地揉着自己的肩膀，"不过，也请你理解时间的价值。"

　　"好，我会注意的。"

　　"不是要你注意，而是希望你能意识到，正因为你换衣服慢了一点，导致我们从现场出发慢了五分钟，你知道我因此损失了多少时间吗？"

　　"五分钟吧。"

　　"不，十五分钟，"羽浦指着车内的组合成员，"和泉，黛玛，我。就是因为你让我们三人都损失了五分钟，这样一来，三人份的五分钟就等于十五分钟，你可别忘了。"

　　"好的，对不起。"

　　"不用道歉，我又没有生气。"

　　然而倘若当真不道歉的话，他的碎碎念恐怕会没完没了，羽浦最喜欢对别人的失误喋喋不休地挑刺。

　　"还有，道歉的对象就只有我一个人吗？"

　　我又向车上的两位队友道了歉。

　　坐在身边的黛玛悄悄地皱了皱眉，对我表示同情。

　　副驾驶座上的和泉则战战兢兢地看了过来，虽说疼痛似乎有所缓解，脸色也好了不少，但仍有些不太自在。

她大概觉得是洗手间的谈话拖慢了我的换衣时间吧。

我轻轻摇了摇头，暗示她"我只是没力气换衣服，不用在意"。

"车真的完全不动啊，在环球影城也不用等这么久，"他敲打方向盘的声音越来越大，"马上就要到快递的上门时间了。"

羽浦焦虑地拿起手机，开始拨打电话。

"土井，有件事要你去办。"

电话的另一头是事务所的工作人员，今天是土井的轮休日，但羽浦连客气话都没说就开始提要求。

"赶快去事务所取个快递。"

过了片刻——

"啊，不行，为什么？"他的声音焦躁起来，"回老家参加丧礼了？啊，真的吗？那就算了。没事，算了，你老家在四国吧，就算现在赶回大阪也来不及了。"

羽浦把手机扔在仪表盘上，毫不掩饰心中的不爽。

"要不是损失了十五分钟——"

羽浦在后视镜里狠狠地瞪着我。

正当我以为又要承受他的唠叨之时，FM 电台播放起了外国老歌，那是八十年代的新派山区摇滚。

"哦哦。流浪猫乐队①，"羽浦调高了车载音响的音量，"果然很老辣啊。"

"这歌真是太棒了。"

为了缓和气氛，和泉强装快活地说道。

———————————

① Stray Cats，成立于 1979 年的美国摇滚乐队，代表风格是融合了摇滚乐和乡村音乐的山区摇滚（Rockabilly）。

"不错吧。流浪猫乐队是最厉害的三人乐队之一，主唱兼吉他手布莱恩·赛特泽名声最响，不过我喜欢的是贝斯手李·洛克，我太喜欢他了，甚至买了一模一样的贝斯。"

心情大好的羽浦开始滔滔不绝地讲述二十世纪八十年代的乐坛是多么出色，又谈起了自己过去组过的乐队，以及直到现在还会租借音乐工作室定期练习。

尽管这些话题和学校晨会上的校长发言一样冗长乏味，但和泉还是笑嘻嘻地附和着，我和黛玛则一个劲地忍受着睡意。

随着车内的沉闷气氛逐渐消散，我们终于驶出了拥堵路段。

我们顺着御堂筋一路向南，最终抵达了通天阁附近的事务所。

说是事务所，其实就是普通的公寓，房间的布局是两室一厅，客厅用作事务所，其他房间则是羽浦的私人住所，也就是所谓的住宅兼事务所。

事务所从梅田的办公大楼搬到这间公寓，是大阪第三次发布紧急状态宣言的时候。

车停在了公寓的停车场，我们三个成员拖着装满演出装备的行李箱跟在羽浦身后。

三个行李箱在柏油路面上滚动，发出咕噜咕噜的噪声。

"有没有搞错！"走进公寓大门后，走在最前面的羽浦咂了咂嘴，"电梯又停了，真麻烦啊。"

电梯上贴着故障告示，这栋公寓建成已三十七年，和羽浦同龄的楼房到处显露着破败。

"走吧，从楼梯上去。"

羽浦双手插兜，朝楼梯的方向走去。

黛玛指着自己的行李箱低声问道：

"要带着这个上楼吗，拿到七楼的事务所？"

"要是有人肯帮忙就好了。"

我看了一眼慵懒地爬着楼梯的羽浦。

"只会被他说一些讨厌的话。"

黛玛拎起装满东西的行李箱，开始往楼梯上走去。

和泉看着她的身影，轻轻地叹了口气，双手拿起行李箱，踏上了第一级台阶。就算腹部的疼痛已经消退，爬七楼也是一桩痛苦的事，有可能会碰到伤口。

我左手拎着自己的行李箱，右手从后面托着和泉的行李箱。

和泉有些诧异地回过了头，小声说了句"谢谢"。

光是走到七楼就累得不行，再加上行李，更是累上加累。走到办公室的时候，尽管身处隆冬，却也热得满头大汗。

看着我们气喘吁吁地走到了事务所，羽浦笑着说："真是个不错的锻炼啊。"

尽管我们千辛万苦地到了这里，但在事务所停留的时间总计不超过十分钟。

确认完本周的课程和演出日程，今天的工作就此结束，然后我们三个又走下了刚刚的楼梯，离开了事务所。

和乘坐 JR 线回家的和泉道别后，我和黛玛一起朝地铁站走去。

"有必要特地去事务所吗？确认日程这种事情明明在车里就能搞定。"

黛玛扭着脖子说道。

"刚才还在大谈时间的价值呢，转眼我们的时间却被完完全全地糟蹋了。羽浦先生真是不懂变通啊。"

最近黛玛经常说些对羽浦的怨言，比如工作安排混乱、作曲风格过时、脾气毛躁、车速太快之类，不满的名目多种多样。

但她从不会当面指出这些问题。即便是悍如松鼠的黛玛，也不会向主人展露獠牙。

"事务所只有土井一个雇员，也挺难的吧。"

这并非为羽浦辩解，而是事实。事务所搬迁时，原来的四名雇员被缩减至土井一人。

"最辛苦的是被呼来唤去的土井吧，为了收个快递，休息日居然还打电话过去，真是难以想象。不过土井先生也是个怪人，他好像不怎么在意，总是面无表情，搞不清在想什么。"

"我也没见过土井先生有过什么喜怒哀乐，只知道他学生时代的绰号就是机器人。"

"还是机器人更有人情味呢。"

就在我听着黛玛的笑声时，口袋里的手机传来了振动，是刚刚分手的和泉发来的信息。

今天晚上就要和男朋友见面了。

今晚吗？比预想的要早，和泉独自一人真的不要紧吗？她能妥善地表达自己的意愿吗？

加油，有事联系我。

我回了信息。

就在这时，手机屏幕突然切换了画面。

是羽浦打来的电话。

"还没坐上地铁吧？黛玛也在吗？"

他飞快地问道，羽浦总是单方面表达他的需求。

"我们在一起呢。请问有什么事？"

"有活要干，回事务所一趟。"

电话就这样突兀地挂断了。

黛玛似乎听到了谈话内容，肩膀蓦地垂了下来。

"累死了。"

所谓的累应该不是指要再爬一次楼梯。

*

回到事务所后，我和黛玛在羽浦的催促下上了车。

"今天去北新地的店。"

羽浦一边冲着骑自行车的老人猛按喇叭，一边说道。

天已经彻底暗了下来，汽车沿着日本桥的商店街一路疾驰。

在电器专卖店和动漫周边店林立的街道上，等间隔地站着几个年轻女性。

她们在为女仆咖啡厅或主题咖啡厅招揽客人，在冬日的空气下，女孩们穿着短裙，露出大腿，向行人们频频招手。

"今晚的两位客人，都是公司社长，请不要做出失礼的事。"

陪企业高管吃饭，提供招待服务，这就是过去几个月来我和黛玛被安排的工作，这与以现场演出为主的偶像活动相去甚远。

"去酒会倒酒是偶像该做的事吗？而且如果这算是工作的话，和泉也该参加吧。"起初，黛玛提出了反对意见。

"这种话等达到了合影券的销售定额以后再说吧。现在每个月只有和泉达到定额，作为组合的前辈，你们就不觉得羞愧吗？既然销售额不行，那在别的地方做点贡献有什么不合理吗？"被羽浦这么一说，我们不得不接受招待的工作。

我和黛玛的合影券销售额一直在下滑，而和泉的销售额却稳步提升。和泉支撑着组合最重要的收入来源，这是不争的事实。

"好好招待客人，这也会给你们的偶像工作带来帮助的。"

真的是这样吗？虽说已经招待过好几次了，但从未带来过什么演出的机会。

而羽浦并不理会这样的疑问，整个人显得十分兴奋。

"特别是今天的客人非常知名，连你们都认识哦。"

脸色苍白的黛玛将眺望窗外的视线转回驾驶座。

"是谁？"

"等见面后自然就知道了。我只能告诉你，他是我人脉中最牛的一号人物。"

汽车进一步加速。

翻越道顿堀川，穿过浪速区，没过多久，就抵达了大阪屈指可数的闹市区北新地。

招待的地点是一家日式餐馆。

被带进包间的时候，客人已经先到了。

正如羽浦所言，他确实是个大人物，至少在重量的意义上。

客人是个体重公斤数明显超过三位数的男人，一看就知道，这并不是锻炼出的肉体，而是不健康生活的产物。因为穿着加大码的连帽衫，看起来更加松垮，轮廓和蟾蜍有几分相似。

羽浦朝目瞪口呆的我和黛玛斜了一眼，低头行礼。

"不好意思，让您久等了。来，你们也来打个招呼。"

"晚上好。"我姑且打了声招呼。

黛玛也小声说着："您好。"

蟾蜍男盘腿坐在客席上，打量着我和黛玛，目光飞速从头到脚扫了一遍，这是惯于评估女性的眼神。

黛玛脸上的假笑眼看就要绷不住了，她的脸上分明地写着这种男人是自己最讨厌的类型，无论如何也没法坐到这人边上。

在被安排之前，我主动坐到了蟾蜍男的身边，羽浦和黛玛在对面落了座。

之前听说来客有两位，看来另一位要晚点到。

蟾蜍男说不等了，先开始吧，于是招待活动就此开场。

羽浦首先讲述了蟾蜍男的履历。

他用介绍世界名人的语气说，这人是活动策划公司的社长，我和黛玛则夸张地惊呼着"哇""太厉害了"。这是例行公事，我们都已经习惯了。

蟾蜍男谦虚地说这没什么大不了的，脸上却并没有那样的意思。他的中分头在分际处变得稀疏，油腻的皮肤上有明显的皱纹，虽然是二十多岁的打扮，但实际年龄应该将近五十了吧。

我们刚落座，餐前酒就端上来了。

"这是凯歌香槟啊，要请我喝这么好的酒吗？"

羽浦夸张地向后一仰，蟾蜍男咧开嘴，露出乱糟糟的牙齿。

"这家店的鱼和凯歌香槟很搭哦。"

"真不愧是社长，我完全不懂这些，真心拜服，"这是羽浦社长平日里绝不会有的谦卑态度，"你们也该感谢一下社长哦，能喝到这么好的香槟多亏了社长。"

比起陪素不相识的大叔喝高级香槟，我宁愿在自家喝白开水。但这种话可不能说出口。

我和黛玛也表示了感谢，羽浦又开始夸起了蟾蜍男。

每句话都是虚情假意，尽管如此，蟾蜍男还是一脸满足的样子。

谁都能听出是恭维话吧，他是真的浑然不觉，还是明知这些都非出自本心却依旧乐在其中呢？

不管怎样，这都像一场闹剧。

菜肴接二连三地端了上来，随着酒一杯杯地落肚，蟾蜍男变得越来越饶舌。

　　因为黛玛只会反反复复说"哇""是啊""您觉得呢"这三句话，我便承担起了倾听者的角色。

　　"偶像的工作挺辛苦吧？整天要对着一帮恶心的阿宅摆出殷勤的样子。"

　　"客人们都是好人，虽然有时很辛苦，但工作还是很开心的。"

　　面对充满偏颇的意见，我会用固定句式回应。

　　"不过也有些不好的客人吧，听说在特典会上也会遇到一些麻烦事，瑠衣有过什么不愉快的经历吗？"

　　"不，我们这边运营得很好。"

　　我略带讥讽地看向羽浦，他则自豪地回答："保护你们是我的工作。"

　　嚼着油炸鲅鱇鱼的黛玛暗自失笑。

　　"确实，为了不让奇怪的虫子靠近，我们成年人必须保护好姑娘们，万一弄出个男朋友，那问题可就大了。"

　　和泉的面孔和腹部的瘀斑自脑海中掠过，她已经和恋人见面了吧？要是能顺利谈妥就好了。

　　蟾蜍男的红脸凑了过来，思绪被迫切断。

　　"瑠衣也被客人搭讪过吧？为了这个才来演唱会的人好像很多哦。"

　　即便想装成自然的交谈，却怎么都掩饰不了猥琐的表情，这人似乎想把谈话带往"那方面"。虽说早已习惯了这样的话题，但我实在不愿拖着开完演唱会后疲惫不堪的身体去聊这个。

　　"没有哦，从来没遇到过这样的事情。"

给出了斩钉截铁的回答后，蟾蜍男出乎意料地眨了眨眼，旋即抿嘴笑道：

"是吗，没人找瑠衣啊。不过作为偶像，你的眼睛吊得挺高，面相也凶，要是不出声，还真有点可怕。说实话，你这样有点吓人哦。"

蟾蜍男哈哈大笑起来，口水从玉米模样的乱牙中飞了出来。

"眼睛分得这么开，有点像爬行动物，和我在新加坡看到的巨蜥一模一样。"

"说是巨蜥，长成那样基本上就是恐龙啦。"

羽浦也跟着笑了起来。

在成年男人的欢笑声中，黛玛想必是紧抿着嘴，把目光落在桌子上。

"舌头该不会也像蜥蜴一样长吧？来，伸出舌头给我们瞧瞧。"

我已经疲倦得不行，只是一言不发地盯着蟾蜍男。

"开玩笑，开玩笑啦。"

蟾蜍男的嘴角缓缓下垂，拍了拍我的肩膀，仿佛在说我是个开不起玩笑的家伙。

被触碰的肩膀沉重无比，好似唯有这个空间的重力增大了。

时间流逝的感觉也变慢了，体感已经过去半天，可实际上进店才不到一个小时。

看来今天注定会很漫长。

正当我沉浸在相对论的打击中时，包间的门打了开来。

本以为是店员，但似乎不是。

"不好意思，我来晚了。"

一个穿夹克的高个子鞠了一躬，走进了包间。

羽浦即刻起身相迎，来者似乎是另一位迟到的客人。

"辛苦了，工作方面已经搞定了吗？"

"总算弄完了，由于器材故障录制暂停的时候，我还在想这下完蛋了呢。"

高个子男人摘下口罩，露出了本来面目。

"咦？"黛玛讶异地指着男人的面孔，"莫非——"

"喂，别指着人家！"羽浦责备道。

男人柔和地眯起了眼睛。

"初次见面，我是河都。"

他露出了爽朗的笑容，那个笑容和今天早上在电视节目里看到的一模一样。

"不会吧，等等，难不成真的是电视里那个河都先生吗？"

"就是那个河都先生哦，市值超千亿的独角兽企业的代表人，也是媒体上颇受欢迎的人物。"

"哇哇，我还是头一次在这么近的距离和名人面对面呢。"黛玛雀跃地说道。

"河都先生是我大学的学长，以前一起参加过音乐社团，现在每年至少见一面。"

羽浦露出扬扬自得的神情。

在欢声鼎沸之际，我静静地凝望着河都。

河都是经营以网红营销为主要业务的 IT 企业的实业家。

与此同时他还兼做电视节目的评论员，积极地参与各种媒体活动。

周正的五官和温和的谈吐令他在家庭观众中评价很高。他凭借企业家特有的敏锐洞察力分析社会问题，同时以擅长搞怪的亲和力获得了广大群体的支持。

他尤其受到年轻一代的追捧，甚至出现了憧憬河都，模仿其生活方式和言行的"河都儿童"。

毫无疑问，他就是羽浦人脉中的第一号人物。

我知道他俩认识，但从未想到他会来这种地方。

"呦，河都君，看起来挺精神嘛。"

蟾蜍男亲热地举起了一只手，看来他们认识。

"啊，呃，你好。"

然而河都显得有些踌躇，含糊地点了点头，肯定是记不清对方是谁了吧。

蟾蜍男清了清嗓子，嘴里嘟哝着什么，红晕飘上了耳廓，显然不是酒气上头的缘故。

河都姑且在空位上落了座，然后对我露出了微笑。

"好久不见，瑠衣。"

"好久不见。"

"你好像一点都不吃惊嘛，本想吓你一跳，才对今天的行程保密的。"

"不，我很吃惊哦。"要说吃惊也不假。

就在我俩视线交会之际，黛玛插了进来。

"瑠衣和河都先生认识吗，怎么认识的呀？"

"瑠衣还在东京的时候就认识了，河都先生经常光顾瑠衣打工的地方。"

不知为何，羽浦替我解释了一番，我默默地点了点头。

"噢，你在东京的时候，就是加入星贝之前的事吧？"

"是啊，很久以前的事了。"

听我这么一说，河都又露出了微笑。他的笑容看起来有些寂寞，应该是我想多了吧。

"既然河都先生也来了，那我们再干一杯吧。"

在羽浦的号令下，招待再度开始。

之后的时间总算轻松了不少，因为黛玛一直在发起话题。

"您到现在为止都见过哪些名人呀？""录制电视节目是什么感觉？""您的皮肤真好，用的是哪个牌子的化妆品呢？"

对演艺圈充满好奇心的黛玛连珠炮似的发问，河都笑着一一作了回答。

这是黛玛头一次在这种场合如此健谈，一贯绷着脸，只做最低限度回答的她，此刻却快活地笑着。

"我一直觉得电视里的河都先生看起来很帅，没想到真人看上去更厉害啊，还以为是朴叙俊来了呢，"黛玛向他投以艳羡的目光，"与其说是存在感，或许是气场才对。"

"社长的工作就是要营造出很厉害的氛围嘛，摆出一副唯我独尊的样子。"

河都开起了玩笑，羽浦却一本正经地否定道：

"说什么呢，河都先生就算在学生时代也有非凡的气场，演奏的时候相当震撼人心。"

羽浦热情洋溢地讲述起大学时代乐队社团的经历，这并非是为了讨好而嘴上说说，看得出他是发自内心地仰慕河都。

和平常空洞的招待不同，这里的气氛明朗而热烈。

唯一感觉不甚有趣的是蟾蜍男。

他几乎不参与对话，只是偶尔瞪一眼让他丢丑的河都，然后喝一口闷酒。

虽然我的任务是应对那个丢尽脸面的蟾蜍男，但若他能安静地喝酒真是求之不得，所以我决定就这样放任不管。

我和蟾蜍男一言不发，桌子对面的三个人聊得火热，堪称是冰火两重天的招待。

过了片刻，蟾蜍男嘟囔着工作的事情，走出了包间。

不久之后，羽浦的手机打来了电话，他也走了出去。

室内只剩下我、黛玛和河都。

出去的两个人似乎并不打算很快回来。

要是话题转到我身上就不好办了。

"失陪一下。"

抛下这句话后，我站起了身。

我穿过走廊，去往尽头的洗手间。

就在这时，男厕所那边传来了很大的声响。

"怎么回事啊，羽浦。我特地挤出时间，这不是太失礼了吗？"

"对不起。"

是蟾蜍男和羽浦。

我还想他们为何迟迟不归，原来是在洗手间里谈话。

"那个男人是怎么回事？我都特地打招呼了，他也太无礼了吧？一个初出茅庐的年轻人居然这么自以为是。"

"河都先生并没有什么恶意，我想他一定是工作太多，累着了吧。"

"我也忙得要死好吧，别说得我好像很闲似的。而且女人们一点都不殷勤，我之所以来，是因为你说你会安排好的。"

"她们只是单纯紧张而已，因为是陪社长喝酒才会怯场嘛。"

"罢了，我要走。熟悉的店多的是，在哪儿喝不比这里舒服。"

"不不，请等一下，社长。"

耳畔传来了啪嗒啪嗒的脚步声，他们似乎快从洗手间里出来了。

我快步沿着走廊往回走。

我并不想立刻回到包间，于是先出了店门。

外边已经入夜，繁华的街道熙熙攘攘，陪酒女郎挽着客人的胳膊从我面前走过。

我进了一条狭窄的小巷，从化妆包里取出了香烟和打火机。

我擦着打火机，点燃一支烟，深深地吸一口，然后缓缓吐出。

白烟升腾而上，我望着袅袅烟云，郁结的心绪稍稍舒缓了一些。

我很清楚无论香烟的价格上涨多少，吸烟者都不会下降至零的缘由。

冷风掠过面颊，夹着香烟的手指冻得发麻。尽管如此，我仍悠然地吸着烟。

把烟抽到接近根部时，我将它塞进了便携烟灰缸里，接着点起了第二支。

当我靠在楼房的墙壁上吞云吐雾之际，一阵脚步声突然靠了过来。

我转过头，循着声音看了过去。

出现的人是河都，他默默无言地倚在了我侧边的墙上。

见他一声不吭，我也就什么都没说，继续享受着烟气。

河都缓缓伸出手来，从我口边拿走了烟，叼在了自己嘴里。

"习惯大阪的生活了吗？"河都吐着烟雾问道。

"还行吧，毕竟住了四年了。"

虽说除去工作，我几乎都待在家里。

"那就好。偶像工作怎么样呢？"

"每天都过得很充实。"

"你真是撒不来谎啊。"

对话就此中断。

我无所事事地仰望着夜空，河都在身旁瑟瑟发抖地抽着烟。

"要是冷的话，就回店里吧。"

"这点冷能熬得住。"

即便瑟瑟发抖也要说出这样的话，看来他怕冷的毛病似乎并没有改变。

当惊诧和怀念在心中平分秋色时，一阵振动声响了起来，是从河都裤兜里传出的。

"电话吗？"

"啊，是哦。身体抖得厉害，都没注意到振动。"

河都笑着掏出了手机，看了眼屏幕，又重新放回了口袋。振动声还在继续。

"不用接吗？"

"是工作电话。"

最不擅长说谎的是你才对吧。

我把烟夺了回来，按进了便携烟灰缸里。

"是不是你老婆打来的？要是被发现抽烟，又得挨骂了哦。"

没等他回答，我就离开了那个地方。

*

回到店里时，我有些惊诧。

因为黛玛就坐在蟾蜍男的旁边。

明明之前那么讨厌，这是为什么呢？

"瑠衣，你去哪儿了，快点过来坐下。"

我按照羽浦的指示，也坐到了蟾蜍男的旁边。

"不好意思让您久等了，社长，从现在开始会好好招待您的。"

"嗯，拜托你们了。"

蟾蜍男把手搭在了两侧的我和黛玛的肩膀上。

黛玛瞬间露出了厌恶的表情，不过旋即恢复了假笑。

羽浦点了点头，似乎在说"这样就好"。

是羽浦的命令吗？在我出去的时候，以今后的工作为由，命令她表现得热情一些吧。

要是这样做就能为组合带来工作，黛玛也只得接受了。所以她坐在了讨厌的男人身边，忍受着肢体的接触。

刚刚还嚷着要回去的蟾蜍男，现在看起来心情大好，真是单纯得令人佩服。

"我去预约下一家店。"

羽浦一边拿着手机，一边站了起来。

"黛玛，社长的杯子空了，不快点满上吗？"

说着，他离开了包间。

还得转场啊，看来今天的招待要通宵了。

黛玛一边维持着假笑，一边用笨拙的手势给酒杯斟满红酒。

"不对哦，红酒是这样倒的。"

蟾蜍男摸上了黛玛的手。

"倒酒的时候要让对方看到瓶子的标签，手要托在瓶子的底部。"

他一边讲解，一边紧紧地捏着黛玛的手。

"哦，是这样吗？"

黛玛蹙起眉头，就似一条毛毛虫在裸露的肌肤上爬行一般，把上涌的吐意硬憋在喉咙里。

"已经可以了，我自己就能倒。"

"不不，我得好好指导你，你还不习惯酒席吧？看起来就和小孩子一样。"

蟾蜍男又笑了起来，他是那种惯于以取笑外貌来交流的人。

"哈哈。"黛玛开口笑着，却只能发出干巴巴的声音，连客套的谄笑都谈不上。

看来她快到极限了，还是换我倒酒吧。

就在我打算搭话的时候——

"连这里都像初中生啊。"

蟾蜍男突然抓了把黛玛的胸口。

"你，你在做什么，请住手！"

黛玛变了脸色，挣扎着甩了开来。

"你这是什么一本正经的反应啊，"他毫不羞耻地嘿嘿笑着，"这种事情在银座不是很平常吗？"

"那你就去银座啊，新干线这个点不是还有的吗？"

"你这是什么态度？稍微碰下胸就发这么大的火。"

"哪能不生气啊，你到底在想什么？"

"黛玛！"

我的呼唤并没有阻止事态。

"摸胸这种事情，正常来说是犯罪吧！"

"啊？我可是花了大价钱请你吃饭，要这点回报不过分吧。"

"那种事请在那种店里做，我可是偶像！"

"偶像？不就是没名气的地下偶像吗？"

蟾蜍男露出了打心底的不屑。

"是个人都能自称地下偶像吧，这不是比便利店打工的门槛都低吗？就你这种人也敢自命不凡。"

耳畔似乎传来了某物断裂的声音。

黛玛的脸上浮现出一丝笑容，那是她真正气恼的表情。

"不显摆几个臭钱就连陪你吃饭的女人都找不到吗？闭嘴吧，人渣！"

包间里响彻怒吼声。

蟾蜍男目瞪口呆，我只能双手抱头。完蛋了。

"真是够了，差不多得了，你的脸就像一只腐烂的臭蟾蜍！"黛玛站起身来咆哮道，"一个上了年纪的大叔色眯眯地看着年轻姑娘就已经够恶心了，性格也是糟糕透顶，光是坐在旁边就要起一身鸡皮疙瘩！"

蟾蜍男一脸困惑。

"呃，你，你在说什么啊？"

"跟谁说话呢？你就不配叫我！"

包间的声音越来越大，店员似乎随时会赶过来。

"你这种人应该滚回你妈肚子重造，蠢货！"

我抓住了几乎要扑上去的黛玛的手，说了声"走吧"，便拉着她向门口走去。

"你，你这样做，应该知道会发生什么后果吧？"

蟾蜍男发出了刺耳的声音。

我将手按在包间的门上，扭过头说：

"很抱歉，黛玛说了失礼的话，不过我和她是同样的想法。"

＊

就在我和黛玛走在走廊上时，羽浦从前方迎了过来。

"在吵什么？"

"我们要回去了，请让我拿一下放在车上的东西。"

我传达了我们的要求，羽浦扬起眉毛，"啊"了一声。

"怎么回事？解释一下。"

"到外边再说。"

我和黛玛并肩走在前面。

羽浦顾忌着店员的目光，默默地跟了上来。

我们一言不发地走到了餐馆附近的投币式停车场。

"这里就可以了，说吧。"

羽浦挡在自己车的前面说道。在我解释之前，他似乎不打算让我取走行李。

黛玛快快不乐地低着头。

我解释了店里发生的事情。

听完蟾蜍男的暴行，羽浦既不惊讶也不生气。

"就这？"

他像是在怀疑我们是否正常，居然为了这点事就要回去。

"什么就这？我被袭胸了啊，不是应该报警吗？"

面对强烈抗议的黛玛，羽浦波澜不惊地回应道：

"如果为了这种事就报警，警察们都会过劳死的。"

他开着玩笑似的继续说道：

"摸胸也是无心之失吧，那位社长不分男女，喜欢身体接触。就当被碰了一下，宽容点嘛。"

黛玛哑口无言。

真是鸡同鸭讲，全无意义。

"总之今天先让我们回去吧。这种状态我们也没法回到店里。"

"不行！"

对于我的意见，羽浦一口否决。

"我费了老大劲才安排了这次餐会，你们两个女人怎么能自管自先走了呢？太丢我的脸了！"

比起我们，他更在乎自己的面子。

"话说回来身体接触什么的在特典会上早该习惯了吧，没什么好大惊小怪的。先回店里，我陪你们向社长道歉。"

"我们凭什么道歉，应该是他向我们鞠躬！"

黛玛悲痛地控诉道，积压的不满瞬间爆发出来。

"我之前也说过了，这种招待绝对很不对头，我们是偶像，有很多事情要做，要开演唱会，还要上课，陪不知道名字的公司社长喝酒有什么意义？"

"这是为了工作，通过招待来建立关系，就能带来工作了。"

"哪次偶像工作是招待带来的？我们已经招待了好几次了！"

羽浦理屈词穷，只得粗暴地挠了挠头。

"现在还处于准备阶段，工作不是一朝一夕就能联系到的。"

"准备阶段要什么时候才算完？话说回来，用这种手段获取工作真的合适吗？谄媚大人物来得到工作什么的，是不是太肮脏了？"

"肮脏有什么不好？"羽浦怒目圆睁，"再脏也得去争取！"

这是我们头一次听到社长的怒吼声，场面登时僵住了。

因为自己的声音而愈发激动的羽浦将面皮涨得通红。

"你们知道目前的经济状况吗？演唱会的来客数量和收益都在不断减少，我们这个组合就靠和泉一个人撑着，再这样下去，你俩就只是拖油瓶了，都能理解吗？"

理解得太过深刻了，我和黛玛都是。

"所以，别被摸个胸就大惊小怪的。要是你们还想继续当偶像的话，能用的东西就要全都用上，无论是身体还是什么，都用到工作上来。"

黛玛似乎屏住了呼吸，各式各样的情绪涌动在侧脸之上。

"也就是说，哪怕需要陪那个大叔睡觉，也要去换取工作吗？"

她用暗哑的声音问道。

羽浦哼了一声。

"这有啥，又不会少块肉。"

黛玛的眼睛异样地吊起，接着是紧咬牙关的声音，下个瞬间，她的右手高高地扬了起来。

不好。正当我这么想的时候，右手已经甩了下来。

扇脸的巴掌声刺耳地回荡在停车场。

一切都静止了。

不仅是羽浦和我，就连打人的黛玛都一动不动地僵住了。

我们都无法理解刚才发生了什么。

三人全都静悄悄地望着突然现身的河都。

在一片寂静中，河都摸了摸脸，微微一笑。

"这巴掌打得挺痛啊。"

直到此时，我才明白原来河都是为了护住羽浦，才硬生生接了黛玛一记耳光，他大概是见我们来了停车场，于是便跟上来了吧。

意想不到的人物登场，令原本一触即发的气氛烟消云散。我们总算躲过了即将上演的修罗场。

"河都先生，请问……您没事吧？对不起。"

黛玛支支吾吾地道歉，暴怒登时化为尴尬。

"不用道歉，你没做错什么。"

河都平静地说完，转身面对羽浦。

"羽浦，今天就到此为止吧。"

"不，可是……"

羽浦支吾了一阵，但当河都轻轻拍了拍他的肩膀时，他还是垂下视线，点了点头。

我和黛玛从车里拿出了行李箱，河都嘱咐了声"路上小心"，给了我俩各三万日元的打车费。

"两位演出结束一定很累了，谢谢你们，这份人情，日后一定会回礼的。"

在河都的目送下，我和黛玛离开了停车场。

回头一望，河都仍在那里挥手，而羽浦则在一旁低头不语。

*

"河都先生真是个好人啊。"

黛玛感慨万分地说道。

一旁的我抿了口热咖啡。

远离主干道的地方行人稀少。

我正要拦出租车回家，黛玛提议说先买点喝的吧。

于是我们在便利店买了热咖啡，在店门口把行李箱当座位喝了起来。

黛玛已经彻底恢复了冷静，开始翻来覆去地聊今天见到的名人话题。

"河都先生一出手就是每人三万日元的打车费，真是太阔绰了，这才是社长的派头嘛。他的手表也很贵，就是那个叫什么僵尸打盹的牌子。"

"是江诗丹顿吧。"

听我这么一说，黛玛使劲地点了点头。

"对对，就是那个，我前阵子在电视上看到过，那个牌子的表好像要卖五百万日元呢，就为了看一眼时间，五百万，五百万呐，真是荒唐的世界。"

"是啊，要是没有让时间倒流的功能，这价格简直太说不过去了。"

那是我们这种月收入不足十万日元的偶像难以理解的世界。

"话说啊瑠衣，你怎么没告诉我你认识河都先生呢?"

"我只是觉得没必要特地说这个，就是老相识罢了。"

只是在一起生活了几个月而已，都是过去的事了。

"听说瑠衣是在东京打工的时候认识他的，该不会是在夜总会吧?"

"嗯，他是我之前工作的夜总会的客人。"

我以陪酒女郎的身份接待过河都，那就是我们的初遇。后来通过河都介绍的工作，我攒够钱离开了东京的家，在他的推荐下，参加了星光★宝贝的试镜。

我之所以成了现在的模样，很大程度上都是拜河都所赐，这让我很不快活。

"河都先生也会去夜总会啊，怎么说呢，有点震惊。"

黛玛露出了苦笑，她对接客行业抱持着轻蔑的态度。

"总之，今天河都先生能来真是太好了，要是没了他的调停，事情可就糟了。"

"绝对会变成修罗场的。"

"是啊，差点就把羽浦先生打得不成人形了。"

"那就过分了。"

"开玩笑啦。"

见过那个场面后，这话听起来就不像玩笑了。

"说真的，气得我脑子都要炸了。但我也知道羽浦先生的处境很艰难，事务所的经营相当不善吧。"

"因为大家都不干了嘛。"

羽浦的事务所之前有好几个偶像组合，将这些组合聚在一起举办联合演唱会招揽客人，彼此增加粉丝，这就是事务所的运营手段。

事业似乎顺风顺水，事务所举办的联合演出门票时常售罄，单独演唱会也能稳定吸引上百名观众，有的组合还会被邀请参加大型偶像嘉年华。

一手创立了数个偶像组合的羽浦作为优秀的社长和制作人，颇受世人赞誉。

但由于疫情肆虐全球，情况发生了剧变。

无法举办现场演出的状况持续了很久，粉丝们逐渐流失。

离散的不只是粉丝，事务所的偶像也越来越少。

有人转投其他事务所，有人退出业界。

共事的伙伴都离开了，只剩下我和黛玛。

之后和泉加入，形成如今的星光★宝贝。目前是由羽浦担任制作人的唯一组合。

一直稳步成长的中坚事务所，在这数年来沦为弱旅。

"从没想过会和羽浦先生吵成这样，当年通过试镜，加入羽浦先生创立的组合的时候，我是多么高兴啊。"

黛玛抬头仰望没有一颗星星的夜空，她看上去比十九岁更加稚嫩。

我突然很想问她一个问题。

对于这个我至今仍未寻获答案的问题，黛玛会如何回答呢？

"黛玛，你为什么想当偶像？"

"为了掌控天下。"

她即刻给出了回答。

"像是战国大名的理由啊。"

"这不就是我们星贝的目标吗?"

正如黛玛所言,星光★宝贝正是以"从关西登上偶像界的巅峰"为口号成立的。

"我们正是为了这个目标,攀登着高大险峻的偶像之山呢。"

"是啊。"

向山顶攀登是简单而又正当的目标,现实中,各种杂七杂八的偶像都在朝着耀眼的顶峰进发。

"不过越往上爬,山顶的高度就越吓人啊。"

这也是众多偶像的感受吧。

对于在现场聚集数十名观众都要煞费一番苦心的偶像来说,能在东京巨蛋召集数万名粉丝的顶级偶像简直是不同次元的存在。

"我们现在大概处于山的哪一段呢?"

"是说星贝目前所处的位置吗?怎么说呢——"黛玛沉吟着啜了一口咖啡,"差不多是在山的五分之二的位置,还在山脚一带吧。"

"几乎没怎么攀登呢。"

两人相视而笑。

"说是山脚可能有些过了吧,不过距离顶峰肯定还相当遥远。"

"是啊。"我们甚至连确切的距离都无法掌握。

"即便如此也不能停止攀登啊。相比快乐,劳累的事总要多出几百倍。偶像真是背负罪孽的职业啊。"

黛玛露出了烦恼的笑容。

"我至今仍能想起,加入星贝后初次站上舞台时,聚光灯一下子打在我的身上，于是我全身都沉浸在观众的欢呼声中，真是无法用言语表达的体验。当时我就想，我再也离不开这里了。"

舞台上潜藏着魔性的魅力，太多人受其蛊惑，即便终日饱尝辛酸，也离不开舞台。

所以耀眼夺目的舞台对偶像而言既是感受至福的圣域，也是一旦涉足就难以脱身的泥沼。

"星贝成军也快四周年了，现在是关键时期，下个月的四周年纪念演唱会一定要成功啊。"

"嗯，"我点了点头，"毕竟好久没办过独立演出了。"

对于我们这些总是与其他组合合作演出的偶像而言，举办单独演唱会算得上一项大活动。不仅对星贝的粉丝很重要，也是吸引新粉丝的一种手段。

是吸引到新粉丝，令组合的状态好转，还是粉丝流失后继续沦落，可以说演唱会的成败将左右今后的前途。

"要是下个月的四周年纪念演唱会没法顺利举行的话，那就真的糟了。之后想要挽回更是难上加难。我也十九岁了，岁月不饶人啊。"

二十岁就被称作阿姨，这就是偶像的世界。而我今年二十三岁了。

"可最要紧的Ｃ位又是那副鬼样子，那个人根本没有考虑组合的未来吧。"

黛玛蹙起了眉头，每当她谈起和泉的时候总会这样。

"比方说今天，当我们被招待折腾得要死时，只有她一人在家悠闲地休息吧。真受不了。"

"和泉并不知道招待的事，也没办法吧。"

而且她并不悠闲，此刻应该正和施暴的恋人交涉吧。这绝不是什么轻松的事情，有可能比我们还要难受。

但不能把真实情况告诉黛玛，和泉本人也反复要求保密。

"她搞不好正躺在带地暖的房间里吃着哈根达斯呢。把演出时的糟糕表现忘得干干净净，正笑个不停吧。我是想都不敢想啊，"她叹了口气，"真好啊，一点苦都不用吃就能活下去的人。"

"没那回事哦。"

我的语气稍稍强硬了一些。

黛玛投来了疑惑的目光。

"和泉也有她的苦恼，很多地方都很苦恼。"

这里没法用不痛不痒的回答搪塞过去。

"她哪里苦恼了？"

黛玛的声音毫无起伏。

"她的脸虽小了点，却有着双眼皮大眼睛，完美的雪白皮肤，笑起来时 E 线非常漂亮，腿细得惊人，住在大阪的高档社区，就读名门女校，专柜化妆品想怎么买就怎么买，喝杯茶也不用像这样在便利店门口吹风，而是在星巴克享用季节限定的星冰乐，这样的人能有什么苦恼？"

黛玛只是淡然地动着嘴唇。

"她所拥有的一切，相当于我们每天摸到一等奖彩票那样的好运。她就这样悠哉游哉地生活着。担任地下偶像对她而言不过是玩玩而已，如果认真起来，还能追求更高的目标，但在演出时却敷衍了事，嘻嘻哈哈的。我们咬紧牙关坚持下来的偶像活动，在她眼里不过是求职时的小插曲而已，这样的人能有什么苦恼？"

和泉既有容貌，也有家世和学历，担任地下偶像对她来说似乎只是一份罕见的工作。是刺激地消费青春岁月的工具。

这并不是和泉的错，像她这样的女孩也有不少，而这样的松弛感也是地下偶像的魅力之一。

可把偶像当作制造学生生活回忆的素材，充作未来的垫脚石，黛玛无论如何都不能忍受这种行为。

十六岁离家出走，无依无靠的黛玛将一切都寄托在偶像活动上。除了偶像，她再无容身之地。

而另一边，和泉在父母的庇护之下，过着顺风顺水的生活，即便不把人生赌在偶像上，也有着光明的前途。

这样一个毫无觉悟的姑娘站上了舞台的 C 位，唱歌跳舞全都不行，却不断增加着粉丝，这让黛玛难以接受，更让人忍无可忍的是，这个女人支撑着整个组合。

和泉不负责任地散发着光辉。

讴歌青春、前程似锦的女人，既是光明也是毒药。

和泉散发的光芒吸引了观众，也让和她站在同一个舞台上的人感到了自身的阴翳。

最远离和泉，同时也是最了解和泉才能的人，有可能正是黛玛。

"对不起，我话讲得太多了，大概是喝醉了吧。"

而我们彼此都知道并不是酒精的缘故，黛玛和我在招待的时候就只喝了一杯香槟。

"这些话只能在瑠衣面前说，因为我的同伴就只有你。"

我默默地听着她真挚的话语。

她把我当成同伴，或许是因为我愚蠢又可怜吧。

在风俗业卖身，又过了偶像适龄期的女人既是反面教材，也是安定剂。

在告诫自己"不能沦落下去"的同时，也能以"还有人比我更糟"来自我安慰。

我对黛玛来说就是这样的存在。

因此黛玛对我格外照顾。

一名西装革履的女人从便利店走了出来，她用诧异的目光瞥了一眼坐在店门口的我们，随即快步离去。

"像野狗一样被人警惕着，我们可是偶像啊，"黛玛干笑了一声，随即凝望着虚空，"喂，瑠衣，我们是不是已经完蛋了呀？"

"还没完蛋呢。"

那是因为根本就没有开始。

黛玛似乎误以为我的话是安慰。

"羽浦可不这么认为，他肯定觉得我们的偶像之路已经完了。"

对社长直呼其名的话声中，可以感受到明显的敌意。

"招待也搞砸了，搞不好我们会被抛弃，这对他来说就像剪掉分叉的头发一样简单。要是只留下 C 位，换掉我俩，那真是恶心得能把人笑死。"

"你想太多了，羽浦先生是不会这样做的。"

这是十足的谎言。完全有这种可能，羽浦已经断言我俩是组合的拖油瓶，一旦找到替代成员，就会毫不犹豫地舍弃我们吧。

"我是相信羽浦才做了偶像的，虽然有很多不满和愤怒，可为了组合一直尽心尽力。如果羽浦真的抛弃我，背叛我的话——连我自己也不知道会做出什么事情。"

她的语调出奇地冷静。

平静的表情与言语中的不安形成了鲜明的对比，这愈加凸显了危险。

"差不多该回去了。"

黛玛从替代椅子的行李箱上站起身来，把装咖啡的纸杯扔进了便利店前的垃圾桶。

"一起回去吧。"

我感觉这时不能让她独自一人回家，我必须陪在她身边。

黛玛向准备起身的我摇了摇头。

"对不起，我想一个人静静。"

她的语气平静，却蕴含着不容置喙的魄力。

"这样啊。好吧，辛苦了。"

我半抬着腰回应道。

黛玛未回一言，拉着行李箱走了出去，车轮碾在柏油路上的哗哗声渐行渐远，不久就没了声息。

应该追上去吗？不了吧，哪怕追上了也只会被拒绝。

我再度坐回行李箱，啜了一口咖啡。

咖啡已经凉透了，唯有苦味长久地留在舌面上。

＊

这个点的地铁还没停运，我便坐地铁回了家。

到家后，我卸了妆，冲了澡，换上舒适的室内服。

之后要做的事就只有睡觉了，可我仍不想睡。

我坐在床边点燃一支烟，一边吞云吐雾一边思绪翩跹。

自己的将来，还有今后的生活。

烟尚未燃尽，结论就出来了。

辞去偶像这个工作吧。

二十三岁，正是转换人生方向的好年纪。

即便改弦更张，也并不意味着前方会有什么光明的未来。我高中辍学，除了驾照几乎没什么资格证，想要重返社会，势必前途多舛。

可连当偶像的理由都回答不出，每次演唱会都会感到窒息的人，也没有继续站上舞台的必要了。

我本来就对偶像本身没什么憧憬，只是因为通过了选拔，因而随波逐流开始了这份工作。

用黛玛的话来说，就是缺乏作为偶像的觉悟。

下个月是组合成立四周年纪念演唱会，或许是个宣布引退的好时机。

我将烟头按灭在烟灰缸里，倒在床上仰望着天花板。

脑海中骤然闪过黛玛与和泉的面孔，倘若我不在了，组合会变成什么样呢？那两个人能和平共处吗？

罢了，反正现状并不顺利，有我没我都一样，即便我退出了，那两个人也不会有什么想法吧，就只是同组合的关系而已，最老的成员退出也不会带来什么实质性影响。

尽管这么想，可她们的面孔频频闪现，我索性强行闭上眼睛。

今天一整天的疲惫随即席卷了身体。

我的意识骤然切断。

＊

——我梦见了家人。

父母和妹妹就在令人怀念的老家客厅里，三人都满脸笑容。

我在远处眺望着这幅景象，和睦的家人令我欣喜不已。

我试图冲到家人身边，可并不顺利，虽然脚下不停，却寸步未进。我拼命摆动手臂，迈出腿脚，仍是停滞不前。

渐渐地，整个人开始喘不上气，恐慌缠身的我大声呼救。

但父母和妹妹毫无觉察地继续笑着。

我痛苦挣扎，我陷入窒息，我惊恐大叫。

即便这样仍无法企及。

我——

振动声驱散了睡梦。

我从床上一跃而起，朝时钟看了过去。只睡了不到一个小时，吸饱了汗的长袖上衣贴在了背上。

我一边调匀呼吸，一边转向了声源，只见放在床头的手机传来了轻微的振颤，有人打来了电话。

当我瞥见手机屏幕上显示的名字时，登时有了种不好的预感。

犹豫了数秒，将手伸向手机。

"喂。"

"到底该怎么办？"

手机里传来了急切的声音，足以让人窥见对方的异常。

我把手机贴在耳边站了起来。

"怎么办，羽浦先生他……"

"啊？"我握紧了手机。

希望没猜中，希望预感是错的。

"羽浦先生的身体不动了。"

我的眼前一片漆黑，过了片刻，才发觉自己是无意识地闭上了眼睛。

眼中浮现出了社长倒地不起的身影。

果然出事了——尽管脑中的思绪还非常混乱，这件事对我来说却并非不可预料。

我在心中的一隅一直在担心着，担心社长和成员之间会出现不可挽回的问题。

唯一出乎意料的是——

电话是和泉打来的。

＊

和泉说她在事务所。

我坐上出租车赶赴现场。

大约二十分钟车程就抵达了公寓，电梯依旧没修好，我只得沿着楼梯冲上了七楼的事务所。

事务所的门没锁。

我做了个深呼吸，推开了玄关的门。

水泥地上放着两双眼熟的鞋子。

一双是羽浦的胶底皮鞋，另一双是和泉的短靴。

我望着鸦雀无声的走廊，走廊尽头的房间里漏出了灯光。

"我是瑠衣，可以进来吗？"

房间里杳无回音，静得可以听到耳鸣。

但能够感知到人的气息，这里确实有人。

我徐徐穿过走廊，地板的寒意透过袜子传到身上，每踏一步，心跳就加快一分。

不足十步的距离让人觉得无比漫长。

我握住门把手，室内静得让人心惊肉跳，这勾起了我的胡思乱想，仿佛只要把门打开，某个不明物体就会瞬间袭来。

——一旦开门，就无路可退了。

仿佛有另一个自己在对我说话。

于是我回答道。

——我从很久以前就失去了退路。

我下定决心将门把手向右一拧，门轻易地打开了。

门内是一如既往的事务所。

约三十二平方米的客厅的空间放着一张大型会议桌，乍一看像是公司的会议室。

为了能随时在此与客户谈生意，羽浦花了大把时间设计装修，每样东西都价格不菲。但据我所知，从没有客户拜访过这里。

羽浦先生在凝聚了无数心血的事务所的正中央——仰面倒在了从海外购置的大会议桌的侧边。

他半睁着眼睛，舌头从肿得通红的脸上耷拉下来，整个人一动不动。

羽浦无疑是死了。

我也想过，祈祷过，那通电话或许只是一场恶作剧，而这种可能已经完全消失了。

我冷静地盯着羽浦的尸体，并没有因巨大的冲击而惊慌失措，这样的冷静连自己都感到意外。

我环顾事务所，看到和泉就坐在房间的一隅，她抱着膝盖低头不语，长发遮住了她的表情，但她还活着。这样的事实令我松了口气。

"和泉。"

我走到跟前蹲了下去，令视线和她齐平。

和泉缓缓地抬起了头，以恍惚的表情看着我这边，我不由得吃了一惊。

和泉的眼角有一块很严重的淤青。

"你没事吧？"

听我这么一问，和泉微微点了点头，开口说道：

"因为谈话的时间定在晚上，我就来到了事务所。羽浦先生喝得烂醉，完全没法正常对话，然后我们吵了起来，我说分手吧，他就打了我。"

断断续续的言语令我愈加震惊。

和泉的恋人原来是羽浦先生，偶像和社长交往并非完全不可能的事，可我并没有注意到。

大概是因为隐瞒得很彻底吧。与年龄差距接近二十岁的社长恋爱，不太可能被人用善意接受。

所以和泉才没有说出实情。即便她看起来是那么不安，还是拒绝了由我陪她一起去找恋人谈话的提议。

我将手轻轻搭在了和泉的肩上。

"你被羽浦先生打了之后，又发生了什么？"

"我想逃走，就和他扭打在了一起，结果羽浦先生一头撞在桌子上昏了过去，我觉得他醒来后一定会杀了我，于是非常害怕，怕得不行，脑子里一片混沌，等我回过神来的时候，羽浦先生已经——"

和泉闭上了嘴，只是一味地发抖。

我回头观察羽浦，他的脖子红肿得像皮肤溃疡一般，这是手勒的痕迹。

我的脑海里浮现出和泉骑在晕厥的羽浦身上勒住脖子的情景，脊背陡然传过一阵寒意。

就在这时，我瞥见倒地的羽浦身边掉了某样东西，是几粒药片——著名卡通角色图案的彩色药片。

这无疑是合成毒品。

"这个药片是羽浦先生的吗？"

"嗯，差点被他逼着吃下去了，说是会让心情变好。"

羽浦似乎接触了禁药，甚至强迫和泉服用，喂完药后他究竟想做什么，我实在不愿去想。

我们的社长原来已经堕落到了这个地步。

比起愤怒，更多的是悲伤。记得在事务所欣欣向荣的时候，一手操办事务所公演的羽浦是如此阳光。某天的演唱会，气氛出乎意料地热烈，演出结束后，羽浦笑着对成员们说："多亏了各位，谢谢。"那个笑容必然是发自真心的。

他大概怎么都想不到自己几年后竟会死在事务所里吧，变色肿胀的脸永远定格在了那一瞬间。

窗外传来嬉闹声，公寓下面的道路上走过一群人，他们似乎醉得相当厉害，声音吵得七楼都能听见。

我安静地听着他们欢闹，眼前的和泉仍在颤抖，身后的羽浦已经殒命。然后喧闹声渐行渐远。

不行，不能一直沉浸在茫然之中。

我刚想站起身来，就在这时——

"怎么回事？"

身后传来了某人的声音，我的心脏仿佛被人攥住，身体一阵战栗。是谁？我回过了头。

房间的门口站着黛玛，大约是匆忙上楼的缘故，她把羽绒服夹在腋下，不停地喘着粗气。

黛玛怎么会在这里。

对了，是和泉。和泉也给黛玛打了电话，看来她是真的惊慌失措，甚至向关系恶劣的黛玛也发出了求助。

黛玛脚步蹒跚地进了房间，娇小的身体晃晃悠悠地来到我们面前，将那句话又说了一遍。

"怎么回事？"

"羽浦先生死了。"

我回答了显而易见的问题，但没解释他是被杀的。

黛玛呆然地看着羽浦的尸体，然后瞪向和泉。

"是你干的吧？"

和泉只是一味地发抖，这就是最好的回答。

"暗中和社长交往，闹分手的时候变成了这样吗？"

她似乎已经在电话里听闻了事情的经过。

黛玛默默地俯视着和泉，简直像极了暴风雨前的宁静。当她情绪激动时，根本不知道会做出什么。

黛玛向前迈了一步，我也下意识地做好了准备。

但并没有出现我想象中的事态。

黛玛将自己的羽绒服披在了和泉身上，她的动作充满了关爱，并没有谴责的意思。

"要是你没有做，可能就是我做了。"

和泉依旧僵在那里，似乎没能理解发生了什么。

连我也呆地站着。

"怎么办？"

黛玛问了一声，没有和任何人对视。

"羽浦先生要怎么办？"

一般来说应该是先打电话叫救护车，然后报警。

然而我并不是在问这种常识性的问题。

黛玛以前所未见的认真表情对我们说：

"我希望，我们三个可以一起继续做偶像。"

三人一起。

要是羽浦被杀的事情曝光的话，就绝无可能了。

就算是和泉先遭受暴力，可她还是掐死了晕倒在地无法抵抗的对手，按理说会被问罪并承担相应的惩罚，不可能再涉足偶像事业了。

尽管如此，黛玛还是宣称要三人一起。

凝重的沉默就此降临。

时间流逝着，既似瞬息即逝，又似穷极一生。

率先打破沉默的是和泉。

"我也想。"

她颤抖着宣告：

"我也想继续当偶像。"

黛玛与和泉对视了一眼，然后像是商量好了一样看向了我。

难道要为了继续当偶像而背弃自己原来的决定？我本来已打算放弃了。

面对两人殷切的目光，我背过身去，就这样走出房间，沿着走廊往回走去。

"喂，你要去哪儿？"

脚步声追了上来。

我在门口停下了脚步，连接外界的门并未上锁。我将手伸向大门。

"瑠衣！"

两人齐声叫着我的名字。

我回头看向她们，两人泫然欲泣的脸上写满了恳挚，还残留着些许稚气。两人都是芳龄十九的少女。

她们的模样唤起了我尘封已久的记忆。

我闭上眼睛舒了口气。

然后，我再度向门伸出了手——扣上了锁和门链。

"我们得确保没人进来，接下去的事情绝不能被任何人看到。"

我转向走廊，直视着黛玛与和泉。

"我明白你们的想法了，一起继续当偶像吧。"

此时此刻就是命运的岔路口。

因此，我必须清晰地告诉她们。

"我们一起让羽浦先生消失吧。"

*

我们三人若想继续当偶像，隐瞒罪行是必不可少的条件。

杀害羽浦的事实绝不能暴露。

为此，我们该怎么办？

就这样逃离犯罪现场吗？这是最不可取的，很快就会被抓。

那就把现场的证据毁灭，然后逃走如何？这也不行，外行人毁灭证据很难瞒过警察的眼睛。

若被警方视作谋杀案调查的话，想要隐瞒罪行几乎是不可能的。

那就只能隐藏谋杀本身了。

只要找不到尸体，就无法构成谋杀。

因此我们要让羽浦消失。

为了继续我们的偶像之路。

"消失？怎么让他消失？"

黛玛低声问道。

"将羽浦先生肢解了吧。"

"肢——解——"她念的语调仿佛在说外语，"什么意思？"

"字面意思，将羽浦先生的身体分成小块，归于自然。"

虽说用了委婉的表达，但气氛仍为之一变。

"不行不行，绝对不行，又不是金枪鱼，怎么肢解啊。"

黛玛不顾发型凌乱使劲地摇晃着头。

"好吧。如果肢解尸体后抛弃或者冲走尸块，确实能完美地消灭尸体，不过光凭我们三个外行应该办不到吧？"

"虽然我也不太懂。"黛玛又补充了一句。和泉面色铁青地点了点头。

肢解是我们能够采取的最可靠的抛尸方法，但以目前的状况，这个方法应该很难获得她俩的赞同，因为造成的精神负荷实在太大了。

那就只能拿出另一个方案了。

"那就埋在山里吧。"

这样的话，即便是三个外行人也能做到，虽然无法彻底消灭尸体，但相比肢解尸体，这种办法造成的精神负荷要小得多。

即便如此，仍有一个问题。

"我也觉得还是这样比较好，可是该埋到哪里的山呢？"

问题就在这里，当然最好是人迹罕至的山，既不会被人发现，也不必担心被挖开的山。可真有那样的地方吗？即便有，也得花很长时间才能找到吧。但我们一刻都不能耽搁。

看来只能边走边找了。

就在我考虑计划时，耳边传来了嘟哝声。

"爷爷的山。"

和泉突然抬起了头。

"去我爷爷的山应该就没问题，那里没人会来。"

从意料之外的地方漏出了曙光。

"那座山在哪儿？"

"京都和兵库交界的地方，从这里开车大概一个半小时。"

十分完美的距离。

"那么夜里就能到了。就定在那里了，我们去和泉爷爷的山。不愧是有钱人，真该谢谢你爷爷。"

黛玛拍了拍和泉的后背。

这是平日里绝不会有的行为。

和泉的脸颊略微一松，但或许是觉得眼下的状况并不适合发笑，旋即恢复了严肃的表情。

"目的地既然决定了，现在就出发吧。楼下停车场应该停着事务所的车，只要开那辆车一路狂飙过去，应该就能在今日内赶到。"

我拦下了正打算寻找车钥匙的黛玛。

"事务所的车有行车记录仪，还是算了吧，要是事后被人看到录像就麻烦了。"

"啊？对哦。那车要怎么办？"

"租车吧。上本町那里有二十四小时营业的店。"

租车也有可能留下证据，但总比用事务所的车好。

我一边在手机上搜索租车公司，一边吩咐道：

"你们去找找这间事务所有没有大行李箱之类的容器，我想要一个能把羽浦先生藏进去搬运的东西。"

必须是能塞进一米七成年人的大型容器，虽说在两室一厅的事务所里找到这种东西的可能性很小，但可供藏匿并搬运的容器是不可或缺的。

"知道了，我去那边的房间找找看。"

黛玛与和泉一起去了羽浦的私人房间。

我则通过租车网预订了一辆面包车，从今天算起共租三天。这样一来就确定移动工具了。

"倒是找到一个行李箱。"

从房间里出来的两人脸色黯淡。

"这样肯定不行吧。"

黛玛拿起了行李箱，箱子大小刚好适合三天两夜的旅行，显然装不进尸体。

"羽浦先生手上的行李箱应该就只有这个了吧，我没见过比这更大的了。"

"那个房间呢？"

我指了指两人没进去过的那间房。

"那是羽浦先生存放收藏品的房间，里边只有乐器和 CD，没有其他东西。"

我打开另一个房间看了一看，正如和泉所言，塞满 CD 的架子一字排开，剩下的只有立在墙边的三把贝斯。

"那就别藏了，就这样搬走不就行了吗？塞进车里就不怕被人看见了吧。"

"搬上车之前的过程是最危险的，我们必须确保不被公寓的居民发觉，从七楼搬到一楼只能走楼梯。"

"对啊，电梯没法用吧。真是糟透了。"

公寓的电梯从傍晚开始就处于故障状态，唯有选择通过楼梯搬运羽浦的尸体，下到一楼想必要花很久时间。

在这期间，其他房客有可能会爬楼梯，堂而皇之地搬运尸体风险实在太高。

那该如何是好？先离开事务所采购容器吗？但哪里能买到那种能装下一整个成年人的大容器呢？如果是行李箱的话，大概需要容积超过百升的超大尺寸。

时间将近深夜了，在几无店铺营业的状况下能找得到吗？

面对羽浦的尸体，我陷入了沉思。

黛玛在一旁沮丧地低下了头。

"怎么办，瑠衣？"

和泉怯生生地问道。

听到这个声音，我情不自禁地回想起一整天发生的事情。

演唱会，被粉丝斥责的特典会，回程时的车内情况，招待的事，与河都的再会，和羽浦的争执，在店门口和黛玛的对话。

诸般情景在脑内回放。

此刻的我为何会陷入这种状况？尽管在心里嘀咕，但我并未停止思考，有什么东西正在向我疾呼——

破解现状的提示，一定隐藏在记忆中。

我拼命思考，竭力搜寻，大脑边缘系统几欲烧毁。

然后，我找到了。

"流浪猫乐队！"

我小声说了一句，这是羽浦崇拜的乐队。

我再度打开了收藏室，CD架和乐器井然有序地摆放着。

"怎么了？""发生什么事了？"

两人也从身后窥探着房间内部。

"这个。"

我指着房间深处的一把乐器。

那是流浪猫乐队贝斯手所用的同款木贝斯。

这种乐器也被称为低音贝斯，总长比一米七的我还要略高一些。

"要是用装木贝斯的琴盒，应该能把羽浦先生装进去。"

"对啊。""确实呢。"

声音自身后传来。

"可是这里有这么大的琴盒吗？我没找到。"

"我觉得有哦。"

羽浦说他直到现在还会租音乐工作室定期演奏。这样的话，必然就有把贝斯搬到工作室的专用琴盒。

我走进房间，打开了壁橱，里边装着扩音器和效果器之类的器材，低音贝斯的琴盒静静地躺在角落。

我将琴盒从壁橱里拖了出来，尼龙软盒比想象中更有分量，已经有些年头了，用于背负搬运的背带已经破损，不过足够大了。

琴盒高得需要仰视，完全能够装下我的身子。

"嗯，这样就搞定了。"

黛玛啪地一声拍了拍手，和泉也松了口气。

容器已经找到，剩下的就是将羽浦装进里边了。

我们回到客厅，将盒子摊放在羽浦的尸体旁边。

那是个贝斯的盒子，身体部分横向膨大，越靠近颈部越细。

"下半身放在盒子的颈部，上半身放在装琴身的地方。"

"知道了。"

黛玛把头压低，尽量不去看尸体。

"在装进琴盒之前还是固定一下比较好，"和泉拿起桌上的布胶带，"身体缠上胶带会稳定一点。"

和泉显得十分冷静，仿佛之前抱膝颤抖只是幻觉。不清楚她是真的恢复了平静，还是被过于脱离现实的事情麻痹了情感。不管怎样，在诸多问题亟待处理的当下，她显得非常可靠。

我们用胶带将羽浦的手腕和脚踝紧紧固定，随后各就各位。

我抓住羽浦的双肩，黛玛抱着身体，和泉抬起双脚。

"一、二——"

我们一口气将尸体举了起来。

双臂传来了沉重的分量，即便合三人之力，尸体依旧很沉。

一股刺鼻的臭气冲击着鼻腔，是排泄物的臭气。似乎是被勒死的时候失禁了。

"再举高一点。""慢点，慢慢来。""从脚开始放吧"。

我们一边语言交流，一边把羽浦装进了箱子，拉链虽有不少损伤，但总算设法拉上了。

羽浦被彻底藏匿起来，但如果细看琴盒，还是会发现盒子胀得不像放着乐器，不过这也是没办法的事。

搬运准备终于就绪，接下来就是转移工作。

"黛玛，你带着驾照吧？你去租车店取车，我跟和泉把事务所收拾干净。"

"好，我马上去。"

应该是不想和尸体共处一室吧，黛玛快步走向门口，却突然停下了脚步。

"不行，我现金不够。"

"啊，那就——"

"我来付。"

和泉拦住了想要掏出钱包的我，递出了近五万日元的租车费。

"你出门总是带那么多钱吗？"

"都是过年收的压岁钱，过年时有亲戚聚会。"

"压岁钱啊，我从来没收到过。"

黛玛端详了一会儿现金，然后离开了事务所。

"趁现在把这里收拾一下吧，等租的车来了马上就能出发。"

虽说如此，室内并不凌乱。据说羽浦的头磕在了桌子上，但并没有血迹。

我们只要打开窗户通风，简单擦拭一遍地板就够了。两人一起做的话应该很快就能搞定。

正当我考虑计划之时，手机传来了振动，是黛玛打来的电话。

"瑠衣，大事不妙。"

她一开口就这么说。

"怎么了？"

"我现在正沿着楼梯走到一楼，"她的呼吸显得有些急促，"正门有摄像头，这可不太妙啊。"

"是监控吗？"

我把这事忘了，公寓的入口处确实设置了监控。

即便我们把羽浦装进琴盒里搬走，被摄像头拍到也会带来隐患，要是调取监控的话，我们就会被怀疑。

有没有什么办法，既不被监控拍到，又能离开公寓呢？

"外楼梯如何？后门应该没有摄像头吧？"

这里除了室内楼梯，还有通往后门的外楼梯。

"我去看一下。"

手机里传来了脚步声。

我等待着回答，一旁倾听的和泉屏住了呼吸。

"不行，后门也有摄像头。"

无论正门还是后门，都装了摄像头。

想要离开公寓就得解决监控。

好难啊，光是出门就如此艰辛。刚解决一个问题，又会出现别的问题，明明还有一大堆事情等待处理。

我们正尝试做的事情是如此鲁莽和危险。

但我并不打算放弃。

"摄像头就交给我们处理，黛玛去租车。"

挂断电话之后，我转向了和泉。

"我去一楼检查摄像头，和泉在这里收拾事务所，可以吗？"

和泉乌黑的瞳孔因不安而颤动，让人揪心不已。

"放心吧，我会处理好的，不会有问题。"

这毫无根据的说辞连我自己都觉得太过无力。

但和泉还是使劲地点了点头。

"嗯，瑠衣，我相信你。"

别啊，被这么一说，那就非得想办法解决不可了。

"别忘了锁门挂门链，有情况再联系吧。"

我半跳半跑地下了楼梯，匆匆赶到一楼。

被昏黄灯光照亮的正门安静而冷清。

监控摄像头就装在天花板的角落，睥睨着整个大门，不打算放过任何坏事。

看来从正门出去是不现实的，无论怎样都会被摄像头拍到。

于是我转移到外楼梯，调查后门的监控。

这边也不行，摄像头被设置在可以拍到整个后门的位置。

我在心中咂了咂嘴，望向了头顶。

摄像头坐镇于此，不放过我们的一举一动。明明什么都不知道，还摆出一副自以为是的样子。

干脆把这东西砸了吧——等等，强攻太过危险，我必须按捺住冲动，冷静地思考对策。

我深吸了一口气。

首先调查一下这个型号的监控吧。

我掏出手机，拍下了摄像头的照片，然后用搜索图片的软件查询这张照片。

数秒后，监控摄像头的商品名称、制造商和价格，全都一五一十地显示了出来。

接着我点开了制造商的官方网站，查看了该摄像头的商品页面。

室外可用，高清摄像，在夜间和暗处也能运作——我读着这些对监视一方来说可谓实用的商品特征。

SD卡最长录像时间为六百小时，换算成天数就是二十五天。经过相应的时间，SD卡所储存的影像就会被覆盖。

也就是说，大约一个月后，我们的影像就无法确认了。

那就等待视频数据被覆盖吧。

不行啊。一个月太长了，一旦居民从公寓里消失，首先就会检查监控。

怎么办呢？我该如何是好？

我压抑着焦虑，继续阅读说明。

就在这时，一行文字跃入了眼帘。

我停下了滚动屏幕的手指，慢慢地往下阅读。

既然如此，说不定可以这样——不行，不能草率断定，需要确凿的证据。

于是我下载了这款摄像头的使用说明书，仔细调查了细节。

我又观察起了头顶的监控，研究它的构造。

果然没错。

我立即用手机拨出电话，铃声响起的瞬间，和泉就接通了电话。

"摄像头应该能搞定。"

我将需要的物品说给她听，然后挂断了电话。

不多时，和泉出现在一楼的后门。

"真的有办法吗？"

"有，那台监控是插卡式的。"

我指着摄像头，或许是说得太简略了，和泉疑惑地歪过了头。

"这款摄像头是把拍摄到的影像储存在 SD 卡的类型。"

"哦，我还以为监控的数据都是保存在硬盘或云端的呢。"

"我也是，"所以我才觉得没法动手脚，"插卡式的摄像头因为安装简单，所以很受欢迎，不过似乎也存在缺点，要是摄像头内置的 SD 卡丢了，就没法确认拍到的影像。"

"也就是说——"和泉瞪大了眼睛。

"只要从那个监控摄像头里取出 SD 卡，就再也没人能确认影像了，我们可以毫无顾忌地走出公寓。"

"所以你在电话里说需要梯凳啊。"

和泉举起了她从事务所带来的梯凳。

我首先确认了周围没有人影。

"快趁没人经过之前拔掉 SD 卡。"

我与和泉将梯凳放在了摄像头的斜下方。

"那我上去了。"

我小心翼翼地一步步踩上被和泉扶稳的梯子，视线一下子抬高了。

我站在梯凳的最顶端，盯着天花板上的摄像机。它已在触手可及的位置。为了不失去平衡，我缓慢而谨慎地伸出手。

"够得到吗?"和泉问道。

"差一点，"我拼命地把手伸长，"够不到。"

虽然可以摸到摄像头，但是仍够不到 SD 卡插槽的位置。

我踮起脚尖，伸直手臂，仍旧够不着，身体开始晃动。

"没事吧?"

"还好。"

我把脚尖踮到极限，仍差一点。我把手臂伸展到肌肉酸痛的程度，终于够到了。

手臂几欲抽筋，但我还是把手伸到了摄像头的背后，用手指按住SD卡插槽。

我用指尖确认卡片已从插槽里跳出，然后小心翼翼地拔了出来。

"拿到了。"

话音刚落，身体猝然失去了平衡，我踮着脚尖在梯凳上摇晃不定，晃动传导到梯凳上，我的身体大幅倾斜，头朝后栽了下去。

"危险!"

和泉以拥抱的姿势支撑着我。

"谢谢。"

我重新站定，看了一眼掌中的卡片。

那是标有"64G"的SD卡，它的份量远超其重量。这64G关乎着我们的命运。

我小心翼翼地将SD卡揣进口袋。

"这样一来，后门的摄像头就失效了。接下来是正门的摄像头。"

正门的监控保留着我们今晚造访事务所的影像，恐怕也记录了羽浦和和泉进入事务所的情景。这是必须清除的证据。

与后门相比，在正门遭遇居民的概率更高。

我对遇到居民时是否能强装镇定，或者是否会被当作可疑人物而惴惴不安。不过所幸并没有居民出现在公寓门口。

我像刚才一样踩着梯凳拔掉了监控的SD卡，由于摄像头的位置比后门稍低，所以顺利地搞定了。

我将两张SD卡收进口袋，然后跟着和泉一起回到了事务所。

又过了几十分钟，租到车的黛玛回来了。

我们找到了运送尸体的容器，也破坏了监控。

一切准备就绪。

接下来，就只剩让羽浦消失了。

*

"走外楼梯从后门出去吧，那里撞到别人的可能性应该比前面低一些。"

黛玛与和泉都认真倾听着我的话。

在事务所里，我们对计划进行了最终确认。

"首先把琴盒搬到车上。"

我瞥了一眼装着羽浦尸体的琴盒。

"之后再把羽浦先生的私人物品装进车里。"

我指了指放在地板上的行李箱。

箱子里装着羽浦的几件衣服，还有被拿掉电板的手机和电脑。这两件设备一旦被调查可能会带来麻烦，必须随尸体一起消失。

"在搬运过程中要提防公寓的住户，虽说监控已经失效，但最好还是别被人看到。"

"被怀疑的话会很麻烦，毕竟现在是夜深人静的时候。"黛玛附和说。

"我们要搬的东西很有特点，这才是最重要的。"

夜深人静的时候三个女生搬运大号琴盒是很惹眼的。

既不能留在监控影像中，也不能留在别人的记忆里。

"把东西全部装车就上山——还有什么问题吗？"

我着重问了一句。

黛玛摇了摇头。

"你们确定吗?"

一直沉默不语的和泉小声问道。她垂下视线,踌躇了片刻又问:

"你们两个确定了吗?"

这是个含混不清的问题,但我能猜到她想问什么。

我和黛玛默默地凝望着和泉。

"现在还来得及。"

和泉指了指玄关的方向。

"现在走出这扇门还来得及,从这里开始由我一个人来做,我绝不会把你俩今晚来过事务所的事告诉别人的。"

和泉被殴打的眼皮高高肿起,瞳孔中蕴含着暗淡的觉悟。

她是认真的,即便我们现在离开,和泉也会独自完成并隐瞒今晚发生的一切。

"瞎说什么呢,"黛玛用坚定的语气驳斥道,"现在讲这些话还有什么意义?"

"那是因为这种话只有现在才能说。"

和泉更加坚定地回应道。

事务所里的空气紧绷起来。

"对不起,但要是你们继续和我一起干的话,就没法回头了。现在离开的话,你们两个还回得去,回到正常的生活。"

三人都沉默了。

遗弃尸体,协助犯罪,隐匿证据——我们将要犯下的罪行浮现在脑海里。

如此一来,便再也无法回归正常的生活。

"你是认真的吗?"

黛玛用告诫的口吻说道:

"你一个人做的话，首先尸体要怎么搬运呢？羽浦看着虽瘦，但也有六十公斤上下吧。"

"我来搬，我会想办法的。"

"那要怎么埋到山里呢？连幼儿园的小孩都知道挖一个足以埋人的坑有多难，这事你也打算一个人干吗？"

"我来做，我会想办法的。"

"你一个人是不可能的，你也清楚吧。"

"可是——"

"没有可是，也没有罢手的道理，现在不是单枪匹马做事的状况。消灭一个人的存在是极其艰巨的事情，我都已经下定了决心了，你还说这种话干什么呢？"

"可是，我还是不能让你俩卷进来。对不起，是我打电话叫你们来的，真的很抱歉，但你们最好还是别和我这种人待在一起了，我做了无法挽回的事情，夺走了一个人的性命。"

——夺走。

和泉脸上骇人的淤青，畏怯的表情，散落在地上的合成毒品。

不，掠夺者并不是和泉。

"对方才是掠夺者吧。"

我斩钉截铁地说。

"和泉只是拿回属于自己的东西而已。"

屡次三番遭受殴打，令要害部位遍布瘀斑的暴力，差点被灌下禁药的恐惧。

自由，气度，尊严——

被夺走的东西数不胜数。

和泉只是将它们夺回来而已。

"所以你没有夺走任何东西。"

黛玛坚定地点了点头，和泉呆呆地愣在原地。

我深吸了一口气，继续说道：

"和泉不愿把我们卷进去的心意我也明白，但我们也不能让你独自背负这一切。既然我们知道了，就不能装作没看见。我们都不会中途离开，三个人一起干吧，为了继续偶像之路。"

没有被强迫，也没有遭受威胁。

我是出于自愿才站在这里的。

"对，这一切都是为了组合的存续。"

黛玛将手搭在了和泉的肩上。

"并不是只有你一个人感受到了内疚和责任，这是我们三个的事。"

"真的可以吗?"和泉的声音有些沙哑，"已经回不去了。"

"你傻吗？正是因为我们没法成为普通的女孩，才选择成为偶像啊。"

"黛玛说的没错。"

和泉的眼睛一眨不眨地盯着我们，白皙的脸颊上淌下了热泪。

"谢谢。"

"别哭了。"

"用这个吧。"

我递过了纸巾。

和泉用纸巾擦了擦眼角的泪水，又擤了擤鼻涕。

"对不起，我已经没事了。"

淤青和泪水将她的眼睛搅得邋遢不堪，但暗淡的光已从瞳孔中消失了。

"那么，我再问一遍。"

我看向了两人。

"都准备好了吗？"

黛玛与和泉郑重地点了点头。

"走吧。"

这是信号。

我们悄悄地展开了行动，三人搬着琴盒走出了门。因为用来背负的肩带坏了，只能徒手搬运。

外边寒风凛冽。

我们尽量压低脚步声，穿过公用走廊，朝着外楼梯走。

"小心脚下。""台阶很陡。""慢点，走慢点。"

我们一边低声交流，一边小心翼翼地走下了外楼梯。

我们必须尽快把琴盒搬到车边，不能被任何人发现。

但毕竟尸体是相当沉重的，即便三人合力搬运起来也艰难无比，但凡气力稍有松懈就会使琴盒掉到地上，跑下楼梯是完全不可能的。

我隔着琴盒感受着羽浦后脑的触感，一步一步谨慎地走下楼梯。

当走到三楼的时候，我们已是气喘吁吁，全身淌出了汗水。

"只差一点了，加油。"

我小声地鼓励道。

"手臂开始抖了。""感觉手指快断了啊。"

两人一边喘着粗气一边回答。虽然看起来相当吃力，但应该能坚持到一楼吧。

我铆足气力捧着琴盒缓缓向下，以免踏空楼梯。

附近的主干道上猝然传来了摩托车的引擎声，不知道是不是有人在等待红绿灯时拧了油门，一阵震耳欲聋的轰鸣声响彻四方。

平日里扰人的噪声此刻却求之不得，这可以掩盖我们的声音。

摩托车带着刺耳的响声逐渐远去。当车开远后，夜晚的寂静再度降临。

紧接着，又有一串声音传了过来。

咚，咚，咚。

我们战栗起来，唯有面面相觑，噤声不语。

是脚步声，有人正在上楼。

因为摩托车的噪声，我们完全没能提前注意到脚步声。有可能是住户，应该快到这里了。

再这样下去就要碰面了。

怎么办？总之只能转身上楼，找个地方先躲藏一阵。

三人的想法一致。

我们转身原路返回，但由于过于焦急，动作失去了平衡。

急遽的转向令所有人都失去了平衡。

不好——念头闪过之际，琴盒已从我们的手中脱离。

六十公斤上下的物体随着箱子落在地上，发出了绝不似乐器的钝响。

"嗯？"

楼下传来了男人低沉的声音，脚步声越来越近。

快，我们得快点。

我伸手去搬琴盒，却不由得僵在原地。

羽浦的胳膊从琴盒里露了出来。

掉落的冲击似乎令受损的拉链彻底坏了。

封闭琴盒的拉链脱开，露出了羽浦无力的手臂。

我强行将羽浦的手臂塞进琴盒里。

"怎么了？"

背后传来了男人的声音。

黛玛与和泉保持着仰望楼上的姿势僵立不动。我从身后感受到了两人剧烈的不安。

来不及了，要被发现了。

即便满怀绝望，我仍拼命地转动头脑。

只因为三个女生在楼梯中间傻站着，对方才出声招呼，他肯定想不到我们是在搬运尸体。

怎么回应才好？要如何蒙混过关。

"我在回家的路上哦。"

在我们回应之前，那个人率先开了口。

奇怪，明明并没有问他。

我回头看向声音的来源。

那里并无男人的身影，只看到下层的楼梯平台上有个人影。

"真的吗？你在难波喝酒？"

似乎有人打来了电话，那人正站在平台上接电话。

"当然没问题了，好好好，马上就到。"

男人结束通话，哼着小曲走下楼梯。

咚，咚，咚。

我们屏住呼吸听着这个声音，然后一言不发地把手伸向琴盒。

三人重新搬起琴盒，又开始下楼。

"起码折了五年阳寿啊。"

黛玛喃喃说道。

之后我们再也没有遇见住户，顺利地抵达了后门。

确认过没有行人后，我们把琴盒搬进了停在后门附近的车里。

因为租的是面包车，所以空间方面无需担心。

只需把后座放倒，装着羽浦尸体的大号琴盒就能轻松地收纳进去。损坏的拉链则用胶带临时处理了一下，要是尸体在开车途中掉出来，那可就麻烦大了。

之后我们又回了趟事务所，将装有羽浦私人物品的行李箱也搬上了车。

自此，需要搬运的东西皆已装载完毕。

用车载导航系统搜索抵达目标山区的线路，预计到达时间是一个半小时。

"要出发了。"

我发动了面包车。

面包车驶出了冷清的小路，我用后视镜确认后方，可以看到黑暗中高耸的通天阁。

"总算搞定了，虽然很危险。"

坐在后座的黛玛紧贴着车窗，大概是想和一旁装尸体的琴盒尽可能拉开距离吧。

"真的好险啊。"

坐在副驾的和泉长长地舒了口气。

之前紧绷的空气略微松弛了一些。

虽说有些疲惫，但身在车内就无须警惕他人的视线和脚步声，精神上轻松了不少。

我调节了车内的暖气，然后说道：

"你俩先歇会儿吧，到了山上才是真正的开始。"

还有比搬运尸体更为艰巨的任务在前方等着我们。

"要是瑠衣你坚持不住了就和我说一声，我可以替你开。"

黛玛交代了一声。我俩经常被派去开事务所的车，所以在开车方面还算熟练。

"我没有驾照，所以就好好带路吧。"

和泉举起了显示着地图的手机。

"拜托了，上山的详细路径就只有和泉知道了。"

"嗯，交给我吧。"

听着两人的对话，我转动方向盘，在十字路口右转。

第一次啊，我想。

这是我第一次听黛玛直呼和泉的名字。

*

深夜的道路空无一人。

但我并没有因此猛踩油门，而是保持着一定的车速，谨慎地驾驶着车子。

我迫切地想尽快开进山里，但要是载有尸体的车子出了事故，那就彻底完了。

平时不甚在意的变更车道和高速上的并道都需格外小心，每当与迎面而来的车擦肩而过，或是被后方的来车超越时，都令我在可能撞车的恐惧中忐忑不安。

在消磨神经的紧张驾驶之际，和泉告知了我们目的地的山的概况。

那座山是和泉的祖父从一位熟人手里购买的，面积约为八公顷，大致相当于两个甲子园棒球场的面积。

在和泉小的时候，家人偶尔会来此野营或观赏红叶，但这几年几乎没有来过。

虽曾一度考虑卖掉，但山林的买主极少，找不到肯接手的人，由于资产价值低，就连捐赠给地方自治团体都未获批准。

因为是没有房屋的山林，所以几乎没有税金和维护费，因此便处于放置不管的状态。

这里正是藏匿东西的绝佳场所。

开车沿着阪神高速一路北上，然后下到普通公路。

继续行驶数十千米后，视野内的建筑逐渐减少，象征文明的灯光消失了。

汽车在山间道路上疾驰，周围鲜有民宅，也看不见其他车辆。

前大灯在黑暗中撕开一块圆形的空间，我们就这样冲进夜幕深处，前方是吞噬一切的黑暗，但我并不恐惧，将我们包裹的黑暗反倒令心绪安宁了不少。

"近了，马上就到，在下一个岔路口左转。"

和泉交替地看着手机和窗外。

黛玛从后座探出身体，盯着和泉的手机。

"离岔路口应该还有一千米。"

"知道了。"

我放慢了车速。

不多时，岔路口出现了，我驾车左转，继续沿着山路往上。

又过了片刻，和泉指着前方。

"到了，这就是我家那座山的入口。"

手指的前方是仅能容纳一辆车通过的小路，以及一块写有"私有土地禁止进入"的牌子。

"沿着这条路直行。"

按照和泉的指示，我们驶入了私有土地，车以极慢的速度通过了与车身宽度相当的道路，随即来到了一片稍微开阔的地方。

"车只能开到这里了。"

和泉说。

我停下车，前大灯照亮的地方有一座预制板搭成的储物室。

"储物室里放了各种工具。"

"那我们去取吧。"

我熄灭引擎，走下了车。

外边天寒地冻，夜晚的空气冷彻心扉。

"好冷啊，这里真是关西吗？"

"目前气温零下三度呢。"

从车里走出的两人呼着白气，使劲搓着胳膊。

和泉从储物室的拨盘式钥匙盒中取出钥匙，打开了储物室的门，空气中弥漫着一股霉味。

我们用手机的灯光照亮储物室内部，铁锹、头灯、劳动手套等工具一应俱全。

我们各自拿上工具，走出了储物室。

要做的事只剩下一件了。

"埋在哪里呢？"

"那边有个不错的地方，得走一小段路。"

和泉指着储物室后面的一片漆黑的树林。

"你带路吧。"

"嗯，跟我来。"

和泉迈开了脚步。

"真要走进黑漆漆的树林里吗？太难了啊。"

黛玛自言自语后叹了口气。

"怎么办？你在这里等着？"

对于我的提议，黛玛摇了摇头。

"不，我去，"她瞥了一眼身后的车，"一个人留在这里更难受。"

在和泉的带领下，我们走进了树林。

月光难及的树林阴冷无比，黑暗的密度愈加浓重。

我们仅凭手机的光亮，穿行在黑如泼墨的树林里。

枝叶掠过面颊，蛛网粘在脸上，时不时被树根和石头绊倒。每次都吓得我心惊肉跳，黛玛也惨叫了好几声。

唯有领头的和泉迈着坚定的步伐，大概是因为从小就来过这里，但或许不止于此。她是下定了决心的，正因为把我俩卷了进来，因此必须坚持到底。

"到了。"

和泉用手机照亮周围，这一带没有密集的树木，是一片空白地带，我们在这里挖掘不会受到树根的妨碍。

我踩了踩地面确认脚感，土地松软，是富有弹性的黑土，我将带来的铁锹插入土中，毫不费力地挖了一铲。

"这里应该可以，回去取东西吧。"

我们将铁锹插在地面，沿着黑暗的树林往回走，返回了停车的地方。

打开面包车的后门，我们将装有羽浦尸体的琴盒搬出车外。

"这个要怎么办?"

黛玛指了指车里的行李箱，箱子里装着羽浦的手机和电脑。

"行李箱不用带，"我关上了汽车后门，"去别的地方处理就行，到时候琴盒也一起处理掉。"

电子设备最好先进行物理破坏再丢弃。

我们点亮了头灯。

在"预备，起"的号令下，我们搬起琴盒，再度走入树林。

一边搬运尸体一边在深夜的树林里移动，相比公寓那会儿要困难得多。

这里尽管没有公寓那种落差很大的台阶，却尽是树木和石头，是障碍物遍布的糟糕道路，我们依靠头灯的光亮照着脚下，小心翼翼地前进。尽管如此，我们仍屡次被绊住了脚，差点把尸体摔到地上。

在抵达掩埋地点之时，三人已是汗流浃背，纷纷就地坐倒喘着粗气。

待呼吸稍稍平复后，我站起身来。

"动手吧。"

我拿起了插在地上的铁锹，挖开地面，抛掉泥土。

靠三名女性的力量掘开地面并不费力，三人合力的话，应该能在天亮前把坑挖好。

我们心无旁骛地挥动着铁锹，埋头于挖土之中。

黑暗的树林里唯有三人的呼吸声和挖土声。

大约两个小时后，挖坑的工作就结束了。

地面出现了一个长约一米七，宽和深都是八十厘米的坑。

"够大了吧。"

黛玛朝着坑里望去。

"这样可以了吗？"

和泉问了我一声。

"我能躺进去，应该可以了。"

身高和我差不多的羽浦理应问题不大。

我想尽可能把坑挖得更深一点，但若想继续深挖，无论是工具、时间和技术都显得不足。

"那就开始埋吧。"

三人拖着琴盒移动到挖好的坑边。

"埋之前先把羽浦先生弄出来。"

我用下巴指了指琴盒。

"为什么？不能就这样埋了吗？"

黛玛的脸在抽搐，应该是不愿见到尸体的缘故。

"要是一直放在琴盒里，白骨化的速度可能会变慢。"

我想尽快消除尸体脖颈间的谋杀痕迹。

"那就搬出来埋吧。"

和泉用铁锹的刃口划开加固拉链的胶带，琴盒张开，身体的一部分随之暴露出来。

我们三人一同搬起琴盒，将尸体抛入坑中。

羽浦毫无抵抗地滚入坑底，即便后脑在地面重重地磕了一记，他依旧无声仰卧着。我本想脱下他的衣服，但尸体已经开始僵硬，于是只得作罢。

羽浦长长的刘海已然凌乱不堪，额头显露出来，上面有一颗大黑痣。他似乎对那颗痣很是自卑，总是用刘海遮掩。

我用铁锹铲起的土盖在羽浦的额头上，黑痣很快就没了踪影。

我们将土堆在了化为一团蛋白质块的羽浦身上。

他死了。直到此刻，我才强烈地感知到了这一事实。

与羽浦一起度过的回忆涌上心头。

回忆谈不上美好，被他强加的离谱工作，整天抱怨合影券的销售额之类，尽是这样的记忆，几乎没什么好事。

但我的心中仍郁结不已。

我们正在掩埋社长的尸体，为了将其完全抹除，不被任何人发现，我们犯下了不可饶恕的罪孽。

黛玛几欲呕吐。

和泉挥动着铁锹，将嘴唇咬得几乎淌下血来。

三人默默地填着土。

埋藏结束之后，我们将土踩实，平整地面，使之与周围的土地无法区分。为了令埋尸的位置不那么显眼，还撒上了落叶和枯枝。我们能做的大概就这么多了。

要做的事情全部完成了。

我们互相点头，默默地离开了现场。

三人将工具放回储物室，然后爬上车子。

我坐在驾驶座上发动了引擎，掉头向出口驶去。

在踩下油门的同时，我将身旁的车窗稍微摇下一条缝，从口袋里掏出烟点了起来。刚朝打开的窗缝里喷了口烟，心里就咯噔了一下。

和两人在一起时我明明从不碰烟，这完全是无意识的行为。

我在车内扫视了一圈，黛玛与和泉只是精疲力竭地靠在座位上。

她们既不对队友吸烟感到惊讶，也不曾拦阻，只是一副筋疲力尽的表情。

我接连抽了三支烟。

车内一片死寂，我们未交一言，就这样驶下了山路。

*

"好想洗个澡。"

黎明时分，黛玛开了口。

汽车正缓缓驶入大阪市区。

"身上全是泥和汗，好脏啊。"

"确实，感觉黏糊糊的，太难受了。"

和泉摸了摸自己的脖子。

"就没有可以洗澡的地方吗?"

"这个时间不太好找,"和泉操作着手机,"根本搜不到营业的澡堂。"

原本回家洗个澡就行,可她大概是不想一个人待着,我能理解她的感受。何况我们还不能解散,因为必须商量今后的事情。

"太早了,"黛玛躺在后座上说,"这种时间应该没有澡堂开门吧。"

"有哦。"

我边说边踩下刹车,车在红灯前停了下来。

黛玛坐起了身子。

"在哪儿?"

"我家附近有一家清晨营业的澡堂。"

然后我顺口报出了店名。

"真的,已经开门了。"

和泉将手机屏幕转向了我们。

"去吧。"

黛玛发言的同时,信号灯变绿了。

我踩下油门,驶向了新目的地。

不到二十分钟,我们就抵达了澡堂。

三人穿过写有洗浴标志的门帘,走进了店内。

我向宛如铜像般端坐在前台的老婆婆付了洗浴费,然后走进了更衣室。

因为尚是日出之前的清晨,更衣室里没有先来的客人。

"就像包场一样啊,"黛玛的声音有些兴奋,"这里真是个好地方。"

我之前来过几次，不管什么时间都没什么客人。

"我去趟洗手间。"

和泉一边说着"我进去了"，一边关上了更衣室角落的洗手间门。

我和黛玛肩并肩脱起了衣服。

终于只剩我们两个了，我问出了一直藏在心中的问题。

"你为什么要帮和泉呢?"

我想三人一起继续做偶像。

若不是黛玛的这句话，我们可能会做出不一样的选择，也许就不会埋藏羽浦。

不惜犯罪也要帮助和泉的理由是什么呢?

即便做了无法挽回的事，也要继续和我们两个一起组成偶像组合。我想知道她这么做的真正意图。

"我也不知道哦。"

黛玛一边脱衬衫一边说道。

"刚接到电话的时候，我还想报警呢。同组的成员杀了社长，怎么想都不是我们能够处理的事，应该交给警察才对。可是——"

她继续说道:

"在事务所见到和泉的时候，这些想法就全都消失了。当我看到脸上被打出淤青，全身发抖的和泉时，就一句话都说不出来了。本以为可以顺风顺水地做人生赢家的姑娘，竟然遭遇了这样的事。我居然一点都不知道，也没有尝试了解。"

黛玛皱起眉头，似乎在反思自己过去对和泉的态度。

"再然后，我就发觉自己在帮助和泉了。即便知道这不是我能力范围的事情，我的身体还是不由自主地动了起来。"

原来如此，也就是说——

"你不是出于理性，对吧。"

"要是讲理性的话，我们三个就没法继续做偶像了吧。"

"是啊，没法做了。"

倘若报警的话，是没法三人一起做偶像了，因此唯有跨越理性。

"这样就好了吧，也只能这样吧。"

究竟是在问我还是问自己呢？她的语气不甚明确。

黛玛没有寻求回答，我也什么都没说。

我们将话题束之高阁，除去所有的衣服，向浴池走去。

虽然这个浴场很小，只有两种类型的浴池和冷水浴，但在包场的状态下仍有一种解脱之感。

更何况，对于筋疲力尽的身体，入浴的效果是立竿见影的。

我们三个舒展双腿，浸泡在浴池里。

黛玛发出了舒适的哼声，和泉则静静地阖上了双眼。

她们看起来都非常享受。

我也决意放松自己，委身于这舒心的温暖中。

黏附在身体上的那些令人不适的汗液和泥土全被冲刷殆尽，受长久的劳作和山间的寒气入侵而变得僵直的身体，也在热水中缓缓舒展开来。

好舒服，舒服得想一直漂在水里。

我无力地摆动着四肢，抬头仰望天花板。

朝阳自天窗射入，柔和的阳光烁烁地照亮了浴场。

到处都很恬静，清晨的公共澡堂就是和平的象征。

身处这田园诗般的环境中，甚至让人觉得迄今为止发生的一切都是一场幻梦。

但我手上还残留着羽浦的重量，鼻腔里还黏附着排泄物的臭气，山间那毛骨悚然的寂静，彻骨的冰寒，连月光都无以抵达的黑暗，踩踏地面的触感，这些全都清晰地雕刻在了身体之上。

随着时间的流逝，这些感觉或许会被冲淡，但永远不会消失。无论身处何方，无论在做什么，都会在某个时刻突然想起这份感觉，使回忆苏醒，摧折着心神。

"那个……"

拘谨的声音打断了我的思绪。

和泉交替看着我和黛玛，然后继续说道：

"你们两个为什么要帮我，为什么要救我呢？"

和泉似乎也很在意这个问题，她一面用手指抹开湿漉漉的发丝，一面向我们发问，一侧的眼睛因淤血而肿胀。即便犯下深重的罪孽后，她的面庞依旧楚楚动人。

"为什么……唔，那个，怎么说呢？"

黛玛有些惊慌地看向了我，似乎就连她自己也很难用言语表达出手相助的原因，因而陷入了困惑。

为什么要拯救和泉？为什么要参与掩盖谋杀？

赎罪——这样的言语掠过我的脑海。

别说笑了。赎罪是不可能的，无论做什么都为时已晚。

过往的记忆攀上心头，我的脸颊似因自我厌恶而扭曲，于是慌忙用双手掬起热水泼在脸上。

"我们是伙伴嘛，"我赶忙用虚饰的言辞搪塞了过去，"因为和泉和我们是同一组合的伙伴。"

"我也是哦。"

黛玛跟着表示了同意。

和泉目不转睛地凝视着我和黛玛。

"谢谢你们，"她小声地说道，"要是没有你们，我一个人绝对办不到，真是太谢谢了。"

黛玛表情微妙地点了点头。

我无法点头，因为事情尚未完成。

"从这里——"

两人的视线聚集过来，我们必须将这件事铭刻于心。

"从这里才算开始。"

我们只算是站在起跑线上刚刚起步。

"我们的这些所作所为永远不能被任何人知道，无论发生什么都要隐瞒到底，只有做到了这点，事情才算是成了。"

无论前方有什么障碍，都不允许停下脚步，即便疲惫到一步都迈不出去，也只能一味向前。

这样的状态要持续到什么时候？到死亡为止。

"可我们已经做得很好了啊，没有一处失败，"黛玛反驳道，"没被监控拍到，埋藏的地方也不会有人来。"

"就算是这样，说不定在哪儿也会有破绽。"

可能会在公寓以外的地方被拍到决定性的证据，也可能会有野兽循着腐臭味刨出尸体，罪行败露的可能性非常大。

"毕竟原本就是在没有任何准备的情况下实行的，最好还是假设出了什么差错，不存在绝对的完美。"

话说回来，在这个 AI 监控系统日益完善的国家里，想要完美地隐藏犯罪几乎是不可能的。

"怎么会……"

和泉发出了悲痛的声音，黛玛也惊诧地皱起眉头。

我并非想无端煽动不安，在此之后才是关键。

"所以我们要意识到自己的行动是不完美的，今后可能会遭到怀疑或者被人盯上。"

我压低声音继续说道：

"即便如此，只要羽浦先生的尸体没被发现，就什么事都不会有，如果没有凶案的性质，警察是不会介入的。总而言之，最重要的是让周围的人相信羽浦先生是出于自身意愿失踪的，在这个过程中，无论我们被怀疑或者被盯上多少次，只要没挖出决定性证据就不会有问题。所以即便不完美也没关系。"

即便不完美，也可以完成完美犯罪。

雾气对面的两人一脸愕然。

黛玛擦拭着流入眼中的水滴。

"我一直觉得你很冷静，没想到在这种时候都能沉得住气。"

"是啊。"和泉点头表示赞同。

"因为我是过来人哦。"

"过来人？"

两人疑惑地歪过了头。

"我杀过人。"

言毕，我先行一步离开了浴室。

*

我做了这样的梦。

父亲咆哮如雷，母亲俯首低眉，沉默不语。

又是这个梦吗？虽然身处梦境，我仍心怀危惧。

每当我疲惫至极之时，过去的记忆就会在梦中浮现。

那是我六岁时的记忆。

彼时，家庭已经开始崩塌。

首先改变的是父亲。

原本温和而持重的父亲变得极端暴躁，只要一点小事就会大吼大叫，可能是因为经营的公司业绩恶化的缘故吧。

不久，母亲开始变得闷闷不乐。

原本文静的母亲动辄被父亲叱骂，在恐惧中不停地做错事，从而招来了更多的骂声。这样的恶性循环不停地持续着，最终让母亲身心俱损。笑容从她的脸上消失了，总是笼罩在阴沉的情绪中。

父亲怒吼不止，母亲面色惨白、瑟瑟发抖，这就是我家的日常。

父母失和，对六岁的我而言，不啻于撼动世界的悲剧。

因此，每当父母争吵，或者说父亲即将开始单方面破口大骂时，我只能躲到卧室的床上，等待风暴过去。

我很悲伤，但是并不孤单。

那是因为妹妹的存在。

为了不让妹妹听到父亲的吼声，我总是在床上堵着她的耳朵。两岁的妹妹似乎不太明白发生了什么，总是咧嘴笑着。

那份纯真拯救了我沉入黑暗的心情。

在风雨飘摇的家中，唯有妹妹是我的慰藉。

我必须保护这个孩子，幼小的我下定了这样的决心。

——闹钟响了起来。

意识瞬间觉醒，我睁开了眼睛。

脑海中的记忆消散，现实到访了。

早晨六点，宽敞的卧室安静无声，阳光透过窗帘的缝隙隐隐透了进来。

我掀开毛毯坐了起来。好冷，身体似灌铅一般，特别是从颈部到肩部的紧绷感尤为严重，大抵是搬运重物和挖掘土坑的影响吧。

在下床之前，我拿起了手机，点开新闻网站，浏览起了报道。

大学统考，震灾追悼，艺人出轨——

看完了全国新闻一览后，我又查了关西地区的新闻。

高速堵车，诈骗事件，本周末的恶劣天气——

查了一遍，果然没有，哪里都没有在山中发现了尸体的报道。

我松了口气，从床上起身，走出了卧室。

在洗脸池洗完脸后，我转移到客厅，正在用手机刷社交网站的时候，身后传来了打招呼的声音。

"早上好。"

和泉走进客厅，眼角的瘀伤至今仍惨不忍睹。

"早上好，睡得怎么样?"

"不太好，半夜醒了好几次。"

果然如此，区区一天是不可能恢复到正常状态的。

"我去冲咖啡了，瑠衣也喝吗?"

"嗯，谢谢。"

和泉从厨房里拿出两个杯子，她的脸色相比昨天已好了不少，虽然食量不多，但起码也吃了一些，表面上看并无大碍，只是内心是否平复就不得而知了。

我与和泉隔着桌子相对而坐，对着热气腾腾的杯子啜了一口。

浓郁的咖啡香气浸透鼻腔，沁人心脾。

客厅的门又被打开了。

睡得头发凌乱的黛玛探出头来，她一边挠着肚子，一边慢腾腾地坐到了椅子上。

"黛玛也喝咖啡吗？"

"嗯。"她的声音好似犹在梦中。

"不加糖，加牛奶对吧？等一下哦。"

和泉兴冲冲地走向厨房。

不擅长早起的黛玛半睁着眼睛发呆。

"你流口水了哦。"

听我这么一说，黛玛慢吞吞地擦了擦嘴角。

"久等了。"

单手拿着杯子回来的和泉莫名地停下脚步看着这边。

"怎么了？"

"看着瑠衣和黛玛出现在我家客厅，就觉得很新鲜。"

"确实，我们从没到和泉家做过客。"

倘若不是这种状况，我们根本不会来。

距离把羽浦埋在山里已过去一天。我和黛玛并没有回自己家，而是留宿在了和泉家里。

一起住吧——和泉这句话成了契机，她的父母因工作原因长居海外，她不愿一个人待在家里，所以请求我们留下来暂住，我和黛玛答应了她。

就算没被拜托，我也不打算让和泉一个人待着。

和泉肩负的压力比我们深重得多。

她随时可能被罪恶感或良心的谴责压垮，这样一来，事情就没法继续隐瞒了。

和泉身处危局，暂时需要我们在身边支持，不，或许说是监视比较恰当。为了以防万一，我们三人的手机上分别安装了 GPS 追踪软件，这样就能随时随地知道对方身在何方。我希望尽量不要出现不得不使用这个软件的状况。

我放下杯子说道：

"让我们再确认一下今天的计划吧。"

和泉正了正身子，黛玛睁开了眼睛。

昨晚其实已经推敲过计划了，但当时我们累得不行，脑子不太转得动。

"和泉要去大学考试对吧？"

"嗯，后半学期课程的考试是从今天开始，偏偏在这种时候，真是太对不住了。"

"没事，反正需要赶点的事已经做完了。"

昨天，我们已经把羽浦的手机和电脑物理破坏并丢弃了，装尸体的琴盒也已被处理掉了，并没有急需处理的事项。

"而且，你要是缺席考试才显得有问题，和平时一样，保持一如既往的行动才是最重要的。"

她唯有像无事发生般继续日常生活，继续扮演与犯罪无缘的大学生。

"和平时一样，是啊，嗯。"和泉显得有些不安。

"放心好了，我会陪你一起去大学的。"黛玛一边安慰着她，一边发出啜饮咖啡的声音。

我们不放心让和泉一个人去大学，所以由黛玛陪她去，这是昨晚商定的事情。

我和黛玛除了偶像工作外几乎所有的时间都花在打工上面，我在便当工厂上夜班，黛玛在送外卖，因为两份兼职在时间上都比较灵活，因此我们商定暂时全力支持和泉。

"谢谢你，黛玛。"

和泉松了口气。要是换作几天前，她是绝不愿意和黛玛两人独处的。

　　"我正好趁你们去大学的时候把租的车给还了。"

　　以上便是今天的计划。

　　但是最要紧的事还没结束。

　　"话说——"我担忧地探出了身子。

　　"说不定土井先生很快就会联系我们了。"

　　土井是事务所唯一的在职员工，也是羽浦的手下，他兼任事务所的会计和我们的经纪人。

　　他上周末休息，今天应该会回事务所。

　　"事务所的钥匙已经放在公寓信箱里了，土井先生应该能正常上班，我想他不会特别怀疑什么。"

　　虽然这种做法不太谨慎，但羽浦不在事务所的时候，经常会把钥匙放进信箱，委托土井看家。这次土井想必也会做出相同的判断吧。

　　事务所已经打扫干净，不会有任何暗示凶案的线索，土井理应会毫无疑问地开始工作。

　　"但不管过了多久，羽浦先生都没有回事务所。"

　　土井会尝试联系羽浦，却始终等不到羽浦的回音。

　　"然后他就会联系我们。"

　　"因为我们是最后见到羽浦先生的人。"

　　黛玛与和泉警惕地看着手机屏幕。

　　"如果土井先生来了联系，一定要好好应答，千万不要紧张。要是问起羽浦的事，就说从前天演唱会结束后就再也没见过他，只需要告诉他这些即可。"

　　"明白，"黛玛说，"尽量不说多余的话。"

"演唱会结束后就没见过。"和泉像念佛一样反复唠叨着。

"可我在想——"黛玛抱着胳膊，面露难色地开口道，"万一土井先生知道和泉和羽浦交往的事情，那就糟了吧？如果羽浦先生失踪了，他会不会首先怀疑这事跟和泉有关呢？"

和泉"啊"了一声僵在了那里。

"土井先生绝对不会知道的，"她飞快地否定道，"毕竟我对你们也是保密的呀。"

"可你们不是在事务所见过面吗？也许已经被人偷偷目击了。"

"我们在事务所见面只有前天晚上那一次。除了那天，我们都非常小心不被任何人发现，况且我们见面的频率本就不高。"

和泉的话声渐次虚弱，就算再怎么彻底，终归也会不安吧。

不只是土井，身为偶像的我们一直活在粉丝的目光中，无论去哪里都容易被人关注到。

出名的地下偶像的粉丝数虽然比不上主流偶像，但每个粉丝的热情都异常之高。

像日本自警团一样监视偶像的人不在少数，被粉丝泄露恋爱信息的情况更是家常便饭。

不过，羽浦与和泉的密会被人目击的可能性确实很低。

"我也觉得土井先生应该什么都不知道，羽浦先生绝不会轻率地做出让下属发现秘密的举动。"

羽浦无疑是专业人士，他应该理解禁止恋爱的偶像和事务所社长交往是犯了多大的禁忌。

更何况和泉还是组合的C位，倘若处置不当，事务所就会丧失宝贵的收入来源，为了不让关系公之于世，他理应极端谨慎。

证据就是他对和泉施加暴力的时候，也会狡猾地瞄准穿上演出服后看不见瘀伤的地方。

只在那天晚上把和泉叫到事务所来，大概是知道土井回老家不在大阪的缘故。

"就算土井先生知道两人的关系，也不会构成太大威胁。毕竟和泉肯定会对自己和社长交往的事保持沉默，就算被他追问是否知道失踪的事，和泉的回答也已经决定好了，对吧？"

"从前天的演唱会后就再也没有见过。"

和泉一字一句地重复着我教她的话。

"要是有人问起羽浦先生的行踪，你都要这样回答。而且一旦开口就不能改变，如果陈述不一致，就会引来怀疑。"

"明白了，"黛玛举起了一只手，"不过话说回来，土井也不见得会马上联系我们，羽浦先生不是经常玩消失吗？"

"算是吧，就算羽浦先生一整天都没回事务所，土井也不会特地向我们打听他的行踪。"

羽浦经常不辞而别，即便有工作，也会毫不在意地失联，早已习惯这种事态的土井想必会淡然地处理羽浦留下的工作。

"我曾经问过他本人，为什么会无视别人的联系，"和泉说，"他说他想一个人思考事情的时候，会无视一切联系。因为这个缘故，不仅工作没了，就连朋友都离他而去，但他本人似乎并不在意，说是身为创作者，必须耐得住寂寞。"

"光听发言还以为是什么大师呢，"黛玛撇着嘴说，"要是一整天毫无音讯，现场的人可就惨了。"

"不止一天，他甚至消失过一个星期。"我回答道。

"啊，那件事我也听说过，是我进星贝前的事吧？"

"什么情况，我完全不知道。"

事情发生在全体初代成员都在的时候。

由于疫情摧毁了过去的常态，那是口罩生活逐渐确定下来的过渡期。

就在公演一点一点地恢复，我们偶像也开始有了零星的现场演出之际——

羽浦消失了，就这么突如其来，毫无征兆地消失了。

两三天过去了，仍没有任何联络，当时事务所的员工们四处打电话，向羽浦的家人和熟人打听他的下落，众人都口径一致地表示不知情，焦虑在事务所里蔓延。

一周过去，事态毫无好转，事务所陷入了一片混乱。

就在这时，羽浦突然回到了事务所。

"他去了哪里？做了什么事情？"

黛玛与和泉抛出了理所当然的疑问。

"周游全国，据说是去各地的演出场地，推销事务所的偶像。"

"真的吗？"黛玛满腹狐疑地皱起了眉，"羽浦先生是那种热血型的人吗？明明把公司的推销和运营工作都丢给了员工。"

"这原本就不是可以独断专行而不跟任何人商量的事情，就算他是社长，这也很奇怪啊。"

两人指出的问题确实在理。

当时事务所的员工和偶像们都对羽浦的说辞颇感怀疑。

与此同时，我们发现了北新地的夜总会女郎用小号发在社交平台上的照片，那是她和羽浦的合照，两人在豪华酒店的房间里，以夜色为背景双双举杯。

就在那个时候，国家正好在实施旅游援助政策，他可能是借机去旅行了。正当事务所的众人在疫情的空前危机中苦苦挣扎之际，社长却玩得乐不思蜀。

众人都惊呆了，好几个人因此离开了事务所。

这件事在当时是非常丢脸的，但在如今的状况下，反倒成了好消息。

如果这次土井也认为羽浦是外出旅行了，就可以延缓骚动的发生，我们希望尽可能地推迟发现失踪的时间。

为了让人误以为是旅行，我们处理掉了羽浦的行李箱。如果顺利的话，应该能延缓一周的时间。

"总之，要做好心理准备，无论土井先生什么时候发来联络，我们都不能慌张。"

我结束了话题，端起咖啡杯抿了一口。

＊

开车把黛玛与和泉送到大学后，我去了趟租车店。

虽说在还车之前早已自行检查过有无异常，但当店员再次检查车辆时，我还是捏了把汗，担心会被指出车里有什么奇怪的污渍和气味，好在结果并没有任何问题，我顺利地办理了还车。

我离开租车店，走在午后的大街上。

时间已过正午。

和泉她们正在大学里用餐吧。

这么说来，昨天我几乎粒米未进，是时候找点东西填饱肚子了，这附近有什么好吃的店吗？

我在红绿灯前停下脚步，掏出了手机。

还没等启动，手机屏幕就自己亮了起来，有人打来了电话。

屏幕上显示的名字把我吓得不轻。

——土井。

在这个时间？虽说早有心理准备，但还是太快了点。

什么情况？事务所有什么异常吗？是遗漏了什么证据吗？该不会是血迹留下来了吧？

我将即将溢出的惊惶压抑在喉头，把手机贴在了耳边。

"你好。"

"辛苦了，我是土井。"

那是毫无起伏的事务性口吻，还是往常的土井。

"辛苦了，"我尽量以平稳的声音回应道，"怎么了？有什么事吗？"

"其实——"

我听到了脚步声，他在走路。土井似乎并不在事务所，究竟在哪里呢？

"我现在正好——"

声音被周围的喧嚣淹没了。

"对不起，电话听不太清楚。"

"哦，不好意思，现在能听见吗？"

这回的声音很清楚，确切地说不止清楚，似乎还与外界有重音，那不是来自手机的声音，我下意识地把头转向了声音的来源。

"果然是瑠衣小姐吗？"

我身旁站着一个身穿大衣的男人，短发细眼，正是土井。

我仍将手机贴在耳边，却不由得瞪大了眼睛，心脏一阵悸动。

"为什么？在这种地方？"

疑问就这样脱口而出。

"我正在附近协商活动的事情。"

土井挂断电话，放下手机。

"刚想回事务所的时候，看到了和瑠衣长得一样的人，就打电话确认了一下。"

"哦，原来是这样。"

今天外出工作吗？真是个有害心脏的巧合。

我意识到自己的手机仍贴在耳边，于是赶紧放了下来。

保持冷静，切莫慌张。

"真是吓了一跳。"

"我不是故意要吓你的，真是太对不住了。"

土井以宣读经济指标般毫无起伏的语调道歉，他对任何人都是彬彬有礼的态度，与其说是谦逊，倒不如说更接近机械。

"对了，瑠衣小姐在做什么呢？"

"我在去吃午饭的路上，"我非常自然地回了一句，心跳也平稳下来，"附近有家想去的店。"

"去吃午饭吗？真好。"

土井并无艳羡地说道。

还没绿吗？快啊。我斜眼瞥着十字路口的信号灯。

信号灯转为绿色。

"那我先走了。"

我微微颔首，向十字路口迈出了半步。

"好，那后天演唱会上见。"

土井并没有叫住我，只是以注目回礼。

我再次点头致意，穿过人行横道，拼命压抑着想要尽快离开的心情，和周围的行人步幅一致地走着。

想不到会在此突然遭遇头号警惕对象，虽说这里距离事务所不远，但这样的巧合仍出乎意料。

我虽吃惊不小，但应该没做出什么奇怪的举动，以突发事态的标准来说，大概应对得还算不错。

在回顾对话的过程中，我突然意识到了一件事。

土井在打电话之前应该就已经注意到我了，看到我了。

倘若如此，那真的没问题吗？当我看到来电对象的那一刻，反应会不会有些奇怪？

当我在手机屏幕上看到土井的名字时，一时间心乱如麻，说不定会露出紧绷的表情。

土井是否注意到这一点呢？会不会因为我接到事务所员工的来电就做出如此反应而感到奇怪呢？

我差点转过头去，但好歹还是忍住了。

要是我现在回头，和土井的视线撞上的话怎么办？这只会加深他的怀疑。

不要有任何可疑的举动，只需目视前方迈开脚步。没事的，我做得不错，不会有问题。

我不断地告诫自己，同时保持一如既往的步调往前走着。

穿越人行横道的时候，我感觉一道目光紧紧地追随在我的身后。

*

"晚上好，我们是星光★宝贝！"

我们三人的声音在会场里回响着。

观众中传来一阵骚动。

"怎么了?""没事吧?""受伤了吗?"

观众席中传出了担心的声音。

"那个，其实……"和泉伸手摸了摸自己左眼上的眼罩，眼罩下是遭受暴力的淤青。

这是羽浦失踪后的第一场演唱会。

"眼睛有点肿。"

和泉摸着眼罩的手微微颤抖着。

为什么？怎么会的？原因是？

在众目睽睽之下，和泉支支吾吾，怯意尽露，喉咙不自觉地抽动了一下。

"是麦粒肿哦，麦粒肿，"黛玛在一旁说道，"突然戴着眼罩登场，想必把大家吓了一跳吧。和泉并没有中二病发作，也没打算当海盗哦。"

观众席上爆发出一阵大笑。

黛玛向我递了个眼神。

"我也得过几次麦粒肿呢，又痛又别扭，真是难受死了。瑠衣呢？"

"只在小时候得过一次，"当时我疼哭了，被母亲用膝盖枕着滴了眼药水，"对了，你知道麦粒肿是关西地区的叫法吗？"

"哦，那别的地方怎么说？"

"一般是叫'针眼'吧。"

"听起来像妖怪的名字呢，那么从东京来的瑠衣也是叫它'针眼'咯？"

"不，我用的是另一种叫法。"

"你们那里怎么说？"

"眼疙瘩。"

"眼疙瘩——"黛玛不由得笑出了声，"这不就是字面意思嘛。"

观众席上又传来了笑声，和泉也笑了起来，我感觉压在她肩上的紧张感正在逐渐缓和。

我和黛玛又对视了一眼。

"差不多该上了。""交给你了，和泉。"

我俩没用麦克风，直接小声朝她说道。

和泉点了点头，然后深深地吸了口气。

"那就献唱第一曲咯，各位可要燃烧到最后哦!"

现场演唱会在她稍高的呼声中正式开幕。

演唱会顺利地进行着，由于是多个偶像组合轮流演出，所以时间并不长，这点倒也求之不得。

半小时的演唱会没出什么意外，就这样顺利结束了。

回到后台，我们瘫坐在椅子上。

"累死了……"

黛玛大口喘气，我茫然地盯着天花板，和泉则用毛巾拭去了大颗汗珠。

好久没有进行过如此耗费心神的演出了。

虽说演出的时间不长，但由于神经时时紧绷的缘故，疲劳程度堪比一场两小时的单独演唱会。

"前面真是对不住你们，演唱会刚开始的时候我都没法好好说话。"

和泉摸着眼罩叹了口气。

"没关系，慢慢习惯就好。"

"对对，"黛玛接过了我的话，"我们都会支持你的。"

这话让人踏实了不少。事实上，今天最令人揪心的登场致辞，多亏了黛玛的圆场，才得以平安过关。

当和泉未能解释眼罩出现的理由时，事先商定的应对方案发挥了效用。

"而且演出本身感觉也挺好的。"黛玛说。

"嗯，我觉得观众席的反应还行。"我回答道。

"大家的状态都挺不错的，虽然我表演时太专注了，没怎么看观众。"

正如黛玛所言，演唱会的气氛相当热烈。

虽然和泉的主持环节掉了链子，但她的舞蹈比平时投入了不少，尽管身上的瘀伤疼痛未消，她为了不被人觉察，仍卖力地进行着表演。

至少观众应该没觉察到我们所隐藏的秘密。

至少对观众而言应是如此。

敲门声响了起来，我们齐齐望向门的方向。

"打扰了。"

低沉的声音透过门传了过来，是经纪人土井。

两天前的遭遇浮现在脑海里，我不禁全身僵硬。

在那之后，土井就再无联系，今天演出开始前见面的时候，他也绝口不提羽浦失踪的话题。

他是否认为羽浦会像往常一样悄无声息地回来，所以才保持沉默？还是另有原因呢？

两天前临别之际的那道目光，搅动着我的内心。

"我可以进来吗？"

土井在门外询问。

"可以，请进。"

黛玛稍稍正了正身子，和泉简单地整理了一下凌乱的服装，虽说两人都带着警惕，但心中更多的还是刚完成演出后的安心感，我也只告诉了她们在街上偶遇土井的事。

"演唱会辛苦了。"

土井面无表情地走进后台。

我一边回应着寒暄，一边打量着他那张扑克脸背后是否隐藏着什么。什么都看不出来，让人心里发毛。

土井以毫无感情的语调开始讲话。

——在我们后面演出的组合在演出中出现了音响问题，虽说时间上有所推迟，但演出结束后的特典会还是会照常举行。

"就这些了，时间快到的时候，我会叫你们的。"

土井背过身去。

感觉身体骤然轻松了不少，我刚才似乎无意识地紧绷着双肩。黛玛与和泉的表情也眼看着松弛了下来。

三人目送着他背对着我们向门口走去。

"对了，"土井突然自言自语地转过身来，"我不在的时候是不是发生了什么？"

我的脊背传来一阵凉意。

黛玛与和泉也僵住了，好似遭到了电击。

他是在问自己不在的这段时间——也就是羽浦失踪当天发生了什么吗？为什么要这样问，难不成土井有所察觉吗？如果真是如此，我们该如何回答？

"请问这句话是什么意思？"

我只得反问了一句，故作平静地看着对方。

土井脸上的表情依旧难以捉摸，这张扑克脸让人感受到一种看穿一切的恐惧——是你们把社长埋了吧？

"不，其实……"

土井的嘴唇动了动，接下来会说什么话呢？

是追究，还是定罪？我紧张地咽了口唾沫。

"刚才的演出十分精彩。"

演出精彩？他的话与我的预想毫无关联，令我困惑不已。

"我在想，各位是不是在休息时间自发练习过了？"

我花了数秒才理解他的意思。

土井似乎只是在询问演唱会的演出效果出色的理由。

与预料完全不同的发展令灌注在肩膀的气力骤然泄去。

和泉与黛玛似乎尚未理清头绪。

"精彩？啊，什么，什么意思？"

"这是在夸奖我们吗？"

对此，即便是扑克脸的土井也有些不知所措。

"是啊，当然，我是在夸奖你们。"

在混乱的空气中，我开口道：

"今天的客人非常热情，所以我们也鼓起劲来了，对吧？"

我征求两人的意见，黛玛与和泉连连点头。

"特典会也请照这个步调进行吧。"

土井淡然地留下这样的话，转身走出了后台。

门砰地关了起来，寂静随之降临。

"感觉又要折阳寿了啊。"

"我也是。"

黛玛与和泉瞬间瘫软下来。

我靠在墙边叹了口气，寥寥数语的对话令身心疲惫不堪，每次见到土井都得像这样摧残精神吗？

罢了，这种事情越想越沮丧，姑且集中精力让今天平安落幕吧。幸运的是明天没有任何安排，应该可以稍微放松一下。

这样的想法很快就落空了。

＊

"怎么办啊?"

演唱会结束的第二天早晨,和泉刚进客厅就说了这样的话。

我停下了涂指甲油的手。

"发生什么了?"

"糟透,真的不敢相信。"和泉焦虑地用手指搅着发丝。

"别紧张,坐下说。"

经我示意,和泉坐在了椅子上。

"到底发生了什么呢?"

"看看这个。"

和泉递出的手机上显示着新闻报道。"近畿地区或有创纪录大雨"的标题跃入眼帘。

我接过手机,阅读起了报道。

受低气压影响,本周末预计会有大范围降雨,特别是近畿地区,一月份某些地方甚至会有破历史纪录的大雨,需要严防道路积水、河水上涨、山体塌方等灾害。

粗略地浏览完报道后,我抬起了头。

"塌方?"

"是啊,"和泉像是被戳中要害般皱起了眉头,"好不容易才埋藏起来,要是发生塌方的话……"

羽浦的尸体就有可能暴露在光天化日之下。

"为什么偏偏这个时候下这种大雨啊,真是太糟糕了。"

和泉歇斯底里地说道。

"你们在聊什么呀?"

刚刚睡醒的黛玛把头伸进客厅。

"看看这条新闻吧。"

我把手机递了过去，黛玛一边捋着睡乱的头发，一边默读新闻。她似乎很快就明白了我们为何如此吵闹，低声说了句"啊，原来是这么回事"，然后看我与和泉。

"用不着这么担心吧。"

"可要是真的发生了塌方，羽浦先生就……"和泉的眼睛中明显露出了动摇之色。

"咱们已经挖坑埋好了，应该不会有问题的，而且山体滑坡通常发生在更热的时候，也就是七月份左右吧。"

"我也这么觉得。"

塌方固然可怕，但我觉得这次没有必要如此神经质。

话虽如此，光靠言语显然无法抚平和泉的不安。

我用手机访问了国土交通省①的网站，下载了近年来塌方等灾害信息的汇总资料。

"瞧，连数据都有哦。"

我给和泉看了载有日本国内每月塌方灾害发生次数的资料，塌方多集中于夏季至秋季，冬季次数锐减。

此外，冬季超过半数的塌方灾害是由暴雪地区的积雪引发的，在我们掩埋尸体的地方发生相同现象的可能性极低。

"所以我觉得周末的雨不会引发塌方哦。"

根据实际数据得出的解释令黛玛展露笑颜，但和泉的表情依旧笼

---

① 日本的中央省厅之一，掌管的事务包括国土规划与开发、基础设施建设、交通运输、气象、海事安全等。

罩着阴霾。

"真的没问题吗？"

和泉一边小声抱怨，一边用遥控器打开了电视，八十五英寸的屏幕上出现了一档新闻节目，画面中有个我前不久刚见过的面孔。

"啊，是河都先生。"黛玛低声说道。

电视上的河都正用不久前一起吃饭时的温吞语调，谈论着对社会形势的见解。

在将近一千万人收看的全国电视新闻节目里，河都以"企业家评论员"的身份备受瞩目。看着河都，我再度意识到与他是另一个世界的人。如今羽浦已经不在，应该不会再见面了吧。

和泉用遥控器切换了频道，电视画面切换到关西地区的新闻节目，节目恰好在播报近畿地区本周末的天气，气象预报员满脸严肃地提醒观众要注意暴雨，并提及了预计的灾害。

"……可能导致河流泛滥，洼地浸水，山体塌方等自然灾害，请务必注意……"

入神地看着电视的和泉转向了我这边。

"真的不要紧吗……"

话声比刚才又微弱了几分。

"也不能断言绝对没有问题。"

黛玛的回答也变得含混不清，要是上了新闻，有所动摇也是没办法的吧。

面对两人心里没底的视线，我下了决断。

"好吧，一起研究一下对策。"

虽说可能性极低，但并不是零，最要紧的是，不能让不安的情绪影响日常生活和偶像工作。哪怕是杞人忧天，也必须掐灭心中的不安。

"首先得调查详细的气象信息，有电脑吗?"

"我去卧室拿。"和泉站起身来。

"我去洗把脸，醒醒脑子。"黛玛接着说道。

我将放在桌面上的一套美甲工具拿开，腾出放电脑的空间。

本来完美的休息日就这样，从早上开始就变得忙碌起来。

*

雨水敲打着汽车的玻璃，水滴不住地往下流淌。

"越下越大了啊。"

黛玛凝视着漆黑的天空。

"破纪录的大雨啊。"

和泉凝重地附和道。

我在驾驶座上舒展身体，向窗外张望着。偌大的停车场空旷无比，除了我们再也看不到一辆车。

"一个人都没有呢。"我靠在座位上。

"没人喜欢冒着这种大雨上山吧?"

"毕竟也发了警报。"

根据天气预报，暴雨将从深夜持续至清晨，在这种状况下，我们特地上山是有原因的。

原因当然是为了处理羽浦的尸体。昨天我们三个花了一整天时间商量，最后还是决定租车上山。这样一来，即便大雨引发了塌方，羽浦的尸体从土里露了出来，我们也能及时处理。

说是处理，其实没什么大不了的。万一尸体露了出来，我们就在它被人发现之前将其回收并重新掩埋，仅此而已。

因为当天从大阪出发太费时间，因此我们决定从前一天晚上开始

105

就在现场附近蹲守。

于是，我们三人将车停在了山间的路边休息区。打算今晚在车里留宿，一早再动身进山。

我用手机确认了现在的时刻，已经过了夜里十一点。我们等演出一结束就收拾行装出发，总算在日期变更之前的最后一刻到达了休息区。

"差不多该睡了吧。"

"是呢，明天还得早起，"黛玛将嘴抵在饮料瓶口，"啊，喝完了。"

"是吗？我去买。"

和泉指了指外面公共厕所旁的自动贩卖机。

"没事，不用，反正要睡了。"

"我也想喝，顺便去买一瓶好了。睡觉的时候会觉得冷，最好喝点热饮什么的。也帮瑠衣买一份吧。"

言毕，和泉打开了车门，雨声骤然变大。

和泉撑着伞走进了瓢泼大雨中，她的背影传出了深深的歉意，虽然我和黛玛是自愿卷进来的，即便如此，和泉仍觉得过意不去。

我盯着她蜷缩身子打伞前行的背影。

"明明她就不该出现在这里。"

黛玛像是自言自语般说了起来。

"前几天我陪她去大学的时候就在想，和泉真是带着主角光环的人啊，在大学里也有很多朋友，人气很高，真的就是众星捧月的青春剧主角。她从懂事起就一直处于圈子的中心，每个人都很喜欢她。她一直走在阳光的完美人生道路上，本该像这样一直走下去，谁知道——"

砸在窗玻璃上的雨声越来越大，疾风骤雨摇晃着和泉的伞。

"人生可真是诸事难料啊，最近看了一些极端案件的新闻，换作以前的我根本无法理解，为什么有人能做出这么可怕的事情，感觉凶手不是人类。但事实上并不是这样，这些案件的凶手和我们并没有多少区别。"

"是啊。"

我点了点头，我们和他们一定不存在太大的差异吧。就因为扣错扣子这般细微的偏差，人就有可能偏离正轨。

"以后每次下雨，我们都要一直这样担惊受怕吗？"

黛玛紧贴在车窗上的侧脸充满了忧伤。

"看雨的大小吧。雨大的时候可能就必须采取措施了。"

"好难啊，就算是回到了平时的生活中也得一直想着万一尸体被发现了该怎么办。"

"是啊。"毕竟我们做了那样的事。

"好辛苦啊，虽然已经下定决心了。"黛玛无力地笑了笑。

"再苦也要做，不做就彻底完了。黛玛，我，还有和泉。"我咬紧牙关说道，"只要我们有一个人失足，三个人都要坠入万丈深渊。"

"我懂，我都懂，"黛玛低着头，像是在忍受痛苦，"可是，比方说，要是以后我们中的某个人承受不下去了，提出即便一起去死也要去自首，那又该怎么办呢？"

我无言以对，因为我一直刻意不去思考这个问题。

要是有人提出即便连累同伴也要自首，又该怎么办呢？无论别人怎么劝说都听不进去，要是对方如此执拗地要求自首，又该如何应对呢？

正当我思索的时候，和泉回到了车里，谈话就这样不了了之。

*

我又梦见了家人。

那是我八岁，妹妹四岁时的记忆。

家庭依旧一地鸡毛，父亲还是满嘴恶言，母亲则整日失魂落魄地发呆，这已成了我家的日常。

到了那个时候，妹妹也开始意识到父母失和。每当父亲发怒的时候，我和妹妹就出去打发时间，而不是躲在床上。

倘若待在家里，愤怒的矛头也会指向我们。为了阻止父亲，我不止一次地被他挥拳相向。

要怎么做才能回归原先和睦的家庭呢？为了不在家中提心吊胆，惊惶度日，又该怎么做呢？

我满脑子只有这个，其中当然也有帮助母亲的意图，但最重要的是，我不想妹妹受到伤害。

就在这时，父亲暂时离开了家，为了开拓新客户，要出差一个月左右。

没了父亲的怒吼，这个家变得安静而祥和，无须担心屋内的任何声响，生活变得无忧无虑，这让我非常开心。

更让我开心的是，母亲的表情也恢复了。这是时隔多久再次看到母亲的笑脸呢？我和妹妹都欣喜不已，向母亲撒娇，想要弥补过去的时光。

我们三人久违地一起吃饭，一起洗澡，把被子摆成"川"字睡觉。

我躺在被褥之中，望着身旁熟睡的妹妹和母亲，两人的睡相都很安详。

哦，这样啊。

我找到了让家复原的方法。

只要父亲不在就好了。

＊

当我睡醒时，身边并没有妹妹和妈妈。

取而代之的是黛玛与和泉的睡脸。

我从硬邦邦的座椅上起身，登时感到了后背的紧绷感。可能是因为睡姿不良吧。在三人并排卧倒的情况下，放倒汽车后座做成的床实在太过逼仄。

我向凝结着露水的窗外望去，停车场一片漆黑，什么都看不见，但雨已经停了下来，雨势似乎并没有想象中那么严重。我见状松了一口气。

目光移回车内，只见黛玛与和泉微微皱着眉头，发出小小的鼾声。想必她们在狭小的车内也睡不舒服吧。我盯着两人的睡脸看了一会儿。

手机突然响了起来，那是睡前设定的闹钟。

黛玛与和泉小声哼哼着，懒洋洋地爬了起来。

"身子骨都要断了。"黛玛揉着自己的肩膀。

"我梦到了人满为患的电车。"和泉说。

东方的天空微微泛起了鱼肚白。

在停车场附近的公共厕所洗了把脸后，我们就出发了。

我们只用了几十分钟就到了埋尸点附近，车子经过了"私有土地禁止进入"的牌子，驶入了山林深处。

我们沿着只容得下一辆车的狭道前行，最后将车停在了预制板建成的储物室前。受大雨之累，地面上到处都是大片水洼。

"连落脚的地方都没有啊。"

和泉小心翼翼地下了车。

"幸亏穿了长靴。"

黛玛用长靴踩过了水洼。

我走出驾驶座，放眼四周，哪里都见不到塌方那样的自然灾害，现场理应无恙。但难得来一趟，还是确认一下为好。

"走吧。"

我们进入林中。

雨水令树林的道路又湿又滑，但得益于朝阳，相比那天晚上仍要好走不少。不知从哪传来了高亢的鸟鸣，生物们似乎开始活动了。整个树林充满了活力，洋溢着勃勃生机。

不多时，我们走到了现场，虽说受风雨的影响，落叶和树枝都被吹走了，但其他的地方都和那天一样。

"就在那里吧。"黛玛指着地面。

"应该是吧。"和泉低下了头。

"似乎没什么问题。"

我踩在埋葬羽浦的地面上，确认脚下的触感。虽说泥泞不堪，但怎么都看不出底下有尸体。即便连下三天三夜的雨，也不必担心会冲出来吧。

俗话说下雨能使地面牢固①，希望如此吧。就这样坚固到任何人都无法揭穿的程度，将我们的罪孽深埋其中。

我们小心翼翼地踩着地面，重新拾起落叶和枯枝撒在周围。

"回车上去吧。"

我转身离去，然而两人并没有跟上来的迹象，于是我回头看去。

---

① 日本的谚语，意思是不打不相识。

和泉与黛玛背向这边，凝望着树林深处。

"怎么了？"

"那个……"

和泉用颤抖的声音说道。黛玛站在她的旁边。我能感到她们的脊背因恐惧而僵硬。

我追随着她们的目光。

森林里有一块硕大的岩石，那是岩石吗？

刚这么想的时候，岩石动了起来。我不禁一阵悚然，那不是岩石。

是野猪，大到让人误以为是岩石的野猪。

野猪注意到了这里，背上的毛竖了起来，它在威胁我们。

我全身的毛孔张开。接下来该怎么办？要是被这么大的野兽袭击，恐怕根本没人能撑得住吧，人类的身体是很容易被破坏的。

我们之间的距离不到五米，该怎么逃呢？要是失败的话，我们的命就——

我在极度混乱中低声说道：

"没事，不刺激对方的话，它是不会袭击我们的，"我对着好似被钉住般一动不动的黛玛与和泉说道，"不要移开视线，慢慢地后退，要慢。"

她们两个开始战战兢兢地后退到和我并排的地方。两人都在恐惧之下面无血色。看到她们，我多少恢复了一点冷静，得想办法才行。

"继续往后退，小心不要摔倒。"

野猪仍在往这边看，我瞪着那双眼睛又后退了一步。

它随时可能袭击我们，举手投足的失误都能换来致命一击，汗水从腋窝淌了下来。

野猪发出咔哧咔哧的威吓声，外露的獠牙异常锋利。

身后的两人都屏住了呼吸。

"没事的，一定没事的。"我一边对两人耳语，一边徐徐后退。

我强忍着想要尽快逃离的心情，压抑着接连涌现的恐惧，缓缓地与野猪拉开了距离。倘若被地面的泥泞绊倒，抑或在湿漉漉的枝叶上打滑，对方就有可能在那一刻袭来。

滚落的汗水刺痛了眼球，我连擦都不敢擦，只是一味后退。我站在黛玛与和泉跟前，挡在她们和野猪之间，虽然我的身体也和纸做的盾牌一样脆弱，至少聊胜于无。倘若遭到袭击，可以争取数秒的逃跑时间。

一步都不许失败，一刻都不能松懈。远处传来了振翅声，鸦鸣响彻云霄。

野猪骤然移开视线，缓缓地调转身体的方向，就这样消失在了树林深处。

得救了吗？还不知道，说不定它在下一秒就会全速冲来。

我们在喘不上气的紧绷中离开了现场。

直到回到车上后，我才恢复了正常呼吸。

"怎么回事？怎么会这样？"黛玛的脸涨得通红，刚从极度的恐惧和紧张中解脱出来，她显得异常激动，"那东西怎么会在这里？"

"因为在山上嘛，"对于野猪而言，我们才是入侵者，"不管怎样，没事就好了，幸亏野猪自己走了。"

"肯定是被吓走了吧，我一直狠狠地瞪着它呢。"

黛玛看起来无比害怕，但我还是决定假装没看见。

"嗯，三个人都没受伤比什么都重要——等等，和泉，你怎么了？"

我将头转向后座。

和泉低伏着脸，像是在抱着自己的身体。双肩微微颤抖，表情在长发的遮蔽下难以看清。

"我没事。"

"哪里不舒服吗？"

我和黛玛这么一问，和泉缓缓地抬起了头，眼泪从她的眼睛里滚落下来。

"……我好怕，"她像小孩似的抽泣着，"我真的以为回不去了……"

看样子是压力骤然退去的眼泪。

我和黛玛面面相觑，双双松了一口气，然后微笑着对她说：

"别担心啦，擦擦眼泪吧。"

"鼻涕也擦一下哦。"

和泉抽出三张纸巾，擦了擦眼角，又使劲擤了擤鼻涕。

"我不会忘，绝对不会忘，"泪水充盈着她的眼眶，"我绝对不会忘记瑠衣站在前面保护着我，还有黛玛一直在旁边牵着我的手。"

和泉因充血而通红的眼睛里蕴含着坚定的意志之光。

"我也会保护你们两个的，以后不管发生什么，绝对要保护你们。"

和泉的脸上沾满了眼泪和鼻涕，微微发颤的声音显得不甚可靠，可她的确实是这么说的，话声坚定地回响在耳畔。

我一时间说不出话。

黛玛露出又哭又笑的表情，拍了拍和泉的肩膀。

"拜托了，你可是星贝的C位哦。"

和泉流着泪连连点头，等哭泣声停止后，我发动了车子的引擎。

"差不多该回去了吧。"

汽车开始前进。

此时天已大亮，璀璨的阳光洒在山路上。

"肚子好饿，回去的时候找个地方吃饭吧。"

"是啊，我也饿了。"我已经很长时间没有这般明显的饥饿感了。

"去麦当劳吧。现在这个点已经开始供应早餐了。"

"早餐别吃麦当劳，"和泉用鼻音提出了反对，"面包太甜了。"

"不不，那个甜面包可好吃呢。"

"是吗？还不如去吃摩斯汉堡。"

"摩斯汉堡也不错啊，我喜欢那里的薯条。"

"那我们两个都去，"我踩下了油门，"早上先吃麦当劳再吃摩斯汉堡吧。"

"全是汉堡店吗？暴食也该有个限度吧，小心吃成胖子。"

"偶尔吃一次也无妨吧，过多摄入的卡路里就在演唱会上消耗掉好了，"和泉扬起嘴角，"我请客。"

"真的假的？"黛玛兴奋起来，"好咯，麦当劳和摩斯汉堡都去，吃完再去乐天利、汉堡王和温蒂汉堡。"

"胃会爆炸的。"和泉插嘴道。

车内洋溢着欢笑。

在一周前这是绝对无法想象的状况。

原本关系恶劣的黛玛与和泉在互相打趣，我做梦都想不到，有朝一日我们三个竟会因这些无聊的话笑成一团。

这样的友情并不是什么美好的事。是罪孽将我们联系在一起，以共犯这般扭曲的关系拴在了一条绳上。

我们三人坐着船在黑暗的海面上漂流，似泥舟一般脆弱，又似竹叶小船一般不甚牢靠，在黑暗的海面上一味地徘徊着。

我并不知道会到哪里，也不知道有没有陆地，倘使小船毁坏，我们就会溺毙，沉入冰冷的水底。

回程的车里异常热闹。我们毫无顾忌地纵声大笑，真奇怪，究竟是什么话题这么好笑呢？

是摆脱了危机，紧绷的弦断了吗？

不，或许我早就知道了。

笑不来的日子已近在眼前。

*

两天后，土井报告了羽浦失踪的事。

*

"社长失联了，也不知道人在哪里。"

土井用联络公事般的淡薄口吻说道。

演出结束后在事务所集合之时，我们已做好了心理准备。

消失了足足一周，羽浦失踪的事终于被发现了。

听完土井的报告，我们面面相觑，黛玛与和泉不安地蹙着眉，两人都流露出自然的动摇之色，这是多次讨论和练习的成果。

"也就是说，他连去向都没说就消失了？"

我首先问了这个问题。

"就是这样。"土井说话的时候嘴唇几乎没动。

"什么时候？"黛玛说，"社长什么时候不在的？"

"自从我结束休假去上班后，就一直没有音讯。也就是说，从一月十六日起就失联了。"

土井将目光从日历上挪开，环视着我们三人。

"你们最后一次见到社长是在上周末十四号的演唱会上吧？有没有听到什么消息？"

我们三人再度面面相觑。

"社长说了什么吗?"

对于我的问题,黛玛与和泉回忆般顿了一顿,随即摇了摇头。

"知道了,要是想起什么请务必告诉我。"

土井瞥了一眼事务所最里边的羽浦的办公桌。

"应该会像以前那样突然回来的吧。社长的流浪癖也不是一天两天了。虽然给各位增添了很多担心和不便,不过还请大家像平时一样投入到星光★宝贝的工作中来。下个月有重要的四周年纪念演唱会,在周年演唱会之前,社长一定会回来的吧。"

虽然知道永远都不会回来了,但我们还是稍稍放松表情点了点头。

终究还是来了,失踪被发现后才是真正的开始,接下来的行动将左右我们的命运。

我并不认为土井在这个时间点已经疑心上了我们,起码表面上看不出来。又或者,他是在内心怀疑我们,并试图找出什么证据。可从土井的扑克脸上难以窥知任何端倪。

总而言之,我们万不可疏忽大意。对掩盖凶案而言,经纪人土井是最需要提防的人物。

必须冷静且谨慎地应对才行,我重新绷紧了神经。

听了羽浦失踪的报告,又谈了约半个小时的工作后,当天的业务就结束了。

在土井的目送下,我们三人离开了事务所,走进了已经恢复正常运作的电梯。

电梯在下降,我抬头看着逐渐减少的楼层数,嘴里说道:

"你们两个先回去吧。"

"拜托你了。""有事马上联系我们。"

黛玛与和泉应了一声，也和我一样仰头看着楼层数。

电梯抵达了一楼。

我在公寓门口和两人道别，随后去了公寓附近的吸烟室。

我在那里抽完两支烟，平复好心情后，又回到了公寓，再度乘坐电梯上了七楼，按下了事务所的门铃。

过了片刻，门打了开来。

土井从门边探出头来。

"怎么了？忘记什么东西了吗？"

"没有，只是想和您谈谈羽浦先生的事。"

土井似乎觉察到这不该是在门口谈论的事情，于是大大地敞开了门。

"请进。"

我在催促之下进了事务所。

在凳子上坐定后，我把视线落在了面前的会议桌上。羽浦从海外购入的引以为豪的桌子锃光瓦亮，连一片指纹都没有。

"你想说什么呢？"

土井面无表情地问道。

我直视着他那毫无感情的眼神。

"羽浦先生真的会回来吗？"

我不由分说地直指核心。

没有多余的开场白和拉扯，以最短的距离抛出了问题。

我们讨论了各式各样的方法，最终判断这样是最合适的。

土井究竟掌握了什么，掌握到什么程度？他是在怀疑我们吗？为了探究这个，我们决定来一场一对一交谈。

"当然会的，社长会回来的，在四周年纪念演唱会之前——"

"土井先生，"我简短地打断了他的话，"告诉我真相吧。我就是为了这个才一个人回事务所的，我在这里工作了很久，也知道现在的经营状况不太好。"

"是啊，下个月就是瑠衣来这里的第四年了，"他抚摸着四四方方的下巴，"老实说，我完全不知道社长什么时候回来。"

"看起来不是普通的旅行啊。"

"很遗憾，我也觉得这种可能性很低。因为少了几件衣服和行李箱，我也曾一度认为是出去旅行了。"

我们按照计划处理行李箱和衣服，似乎争取了一些时间。

土井看了看桌上的日历。

"出门旅行的话不可能一周都毫无音讯。"

"可之前他也失联过大约一周的时间，对吧？那时是去全国各地的演出场地推销事务所的偶像。"

实际上只是和相熟的女人出门旅行了而已。

"关于那件事，社长已经充分反省过了，应该不会再犯同样的错。我不认为他会再次做出让员工离开事务所的事情。"

这话在理，土井似乎并不认为羽浦会随心所欲地游荡。

"那么羽浦先生现在在哪儿？又在做什么呢？"

"目前尚未掌握任何信息。"

"就不能调查羽浦先生的手机 GPS 吗？联系通讯公司，应该追踪得到吧？"

"理论上是可以的，但由于涉及个人隐私，对方应该不会提供。"

没错，倘若没有警方介入，那边是不会提供这些信息的。即便能够提供，手机也已经被处理掉了。

"情况比预想的还要糟啊。"

我一边叹气，一边仔细地打量着土井，这人真的什么都不知道吗？还是有意保持沉默呢？

我观察着土井的视线，眉毛和嘴唇的动作，以及手势的变化，探寻是否有违和之处。可我没发现任何异常的地方，雇主突然失踪，他的表情却诡异地纹丝不动。

还有要问的事，继续话题吧。

我下定决心开口说道：

"羽浦先生失踪的原因……搞不好就在我们身上。"

"怎么说？"土井压低了声音。

"就是最后一次见到羽浦先生的那天。其实在演出结束后，我和黛玛一直陪羽浦先生待到晚上。"

"演出结束后？你们三个做了什么？"

"招待。我们和羽浦先生的熟人吃了晚饭。"

"你们又被叫出去了？"

看来土井果然不知道那天的招待，告诉他也不会有问题。这种事调查一下就知道了，保持沉默反倒会让对方产生不信任的感觉。

"那场招待搞砸了，羽浦先生非常生气。当时他对我们说，我和黛玛是组合的拖油瓶。"

"社长怎么能这样说呢。"

虽然嘴上如此说着，土井的声音却依旧波澜不惊，看来他也是这么想的吧。

"粉丝减少，销售额下降也是事实吧。"

我低下了头。

"多亏了和泉，组合才勉强维持下来，但事务所的经营状况恐怕已经捉襟见肘了吧。"

"不能否认如今的状况是很严峻，今年可以说是决胜的一年，为此，首要任务是必须让下个月的四周年演唱会获得成功。"

"我当然也是这么想的。"

本打算在四周年演唱会后辞去偶像，但情况有了变化。

"黛玛与和泉也在为演唱会成功而努力着，但我感觉羽浦先生可能不太一样。"

土井沉默不语，我继续说：

"这两年来，几乎所有的偶像和员工都离开了事务所，仅存的组合也处于微妙的状态，所以羽浦先生是不是已经放弃我们了……"

"你是说社长放弃了事务所，自顾自地消失了吗？"

"……这并不是什么稀奇事吧。"

我表情微妙地叹了口气。

由于疫情肆虐，娱乐界受到了莫大的冲击，偶像就更不用说了。像我们这种不擅长利用社交媒体进行线上交流的事务所生存尤其艰难。

疫情给行业造成了巨大的损失，即便如今终于可以像以前那样演出了，整个行业仍深受其苦。不少人陷入了泥沼般的境地。

羽浦对此深感厌倦，于是放弃一切，销声匿迹了。

这是很有可能的，也就是说，在地下偶像的圈子里，无论是偶像还是运营一方，不少人都似连夜潜逃般不知去向。

"的确不能说绝对没有。"

土井淡然地说。

"我也不愿多想，不过有可能是发生了什么意外——或者被卷入了什么案件。"

"案件——"我尽量自然地做出张口结舌的模样，"你有什么线索吗?"

土井摇了摇头,脸上的表情并没有任何变化,至少看起来如此。

"社长的私生活我也不太清楚,不过看起来人际关系方面并没有什么问题。"

有啊。所以他才死了。

"也有可能是卷入了什么突发的纠纷,比如说外出时遇到了什么意外或案件,"然后土井又补充了一句,"我也不愿往这方面想。"

突然失踪的话,自然会联想到事故或案件,那么接下来要做的就只有一件事。

"已经报警了吗?"

"是的,我主动向警方提交了失踪报告。"

失踪报告——像土井这种没有血缘关系的员工也能提交。

"虽然这样说,可就算报了警,警方也不会采取行动吧。因为目前还不足以被视为案件。"

"怎么会这样……"

我在内心深处松了口气,不足以被视为案件——也就是说土井并没有抓到什么证据。

"羽浦先生的家人没有报案吗?"

对于我的问题,土井摇了摇头。

"恐怕很难。"

"啊,我记得他和父母的关系很紧张吧。"

我也知道羽浦处于几乎被家人断绝关系的状态,之前他失联一周的时候,事务所火急火燎地联系了他的老家,结果羽浦的父母没有显露出丝毫慌张,而是事不关己似的说"请公司斟酌处理吧"。

正如土井所言,想要申请搜索也是一件苦差事,就算提交了申请，像这种没有升级成为案件的成年男性的失踪，警方通常也不会采取行动，只会在离家出走人员的数据库里添上羽浦的名字而已。

也就是说，我们并不会被怀疑，只要尸体不出现，罪行就绝无暴露之虞。

"那我们只能相信社长会自己回来，然后等着了吧……"

我低下了头，这是因为担心自己的脸上是否会流露出担心之色。

"不，我们不能一直干等着，即便警方不采取行动，这边也能做一些事情。"

土井抬起头，以谈公事般的语气说道。我大致猜到他接下来会说什么。

"我会委托私人调查所调查社长的行踪。"

"私人调查所吗？还有这一手啊。"

我在心里咂了咂嘴。

*

"委托私人调查所，指的是找侦探吗？"

对于黛玛的问题，我点了点头。

"严格来说并不完全一样，但作为接受寻人委托的民间机构，两者应该是差不多的吧。"

"也就是寻人的专家咯。"和泉托着下巴叹气道。

凝重的空气笼罩着和泉家的客厅。

离开事务所后，我向先行一步回来的黛玛与和泉报告了我和土井的谈话内容。听到警察不会出马找人，两人松了一口气，可一提到私人调查所的事情，她们的肩膀顿时耷拉下来。

"怎么会委托私人调查所，"和泉皱起了鼻子，"那不是要花一大笔钱吗？"

"光是接手的费用就得大几十万吧，据说非亲属的搜索费用很高。"

对于负债经营的事务所来说，这无疑是一笔巨款。因此我也认为动用私人调查所的可能性不高。

将宝贵的资金投在找人上面，这足以证明土井认定事态非常严重。寻人自然是越快越好，时间拖得越久，行踪就越难掌握，因此土井决意不惜一切代价展开搜索。

这是正确的决定，但对我们来说则是莫大的麻烦。

"虽说是私人调查所，但毕竟只是个民间机构，至少比找警察要好吧，再怎么样也比不上国家权力嘛。"

黛玛开导似的说道。

"怎么说呢，私人调查所很擅长找人，所以不容小觑，听说大一点的私人调查所里也有退休的警察。"

"怎么会这样？糟透了！"

"确实很糟，他们会对羽浦先生的行踪进行彻底调查，还会找我们这些相关人员问话，要是嗅出任何疑点，都会挖地三尺。"

黛玛闭口不言，和泉抱住了头。

"但只要我们挺过了这个难关，形势就会迅速好转。要是连私人调查所都找不到任何线索，我想土井先生也不会再积极地去搜索了吧。那样的话，就不会有人去找羽浦先生了，我们也不会受到怀疑。"

我开导她们。

"私人调查所的搜索无疑是一种威胁，但我们也做好了对策。羽浦先生的手机和电脑都处理掉了，公寓的摄像头也已失效，没留下任何能够了解到他行踪的要紧线索。事实上，土井先生也认为羽浦是在外出时卷入了什么纠纷。无论对方是多么专业的寻人专家，在这种状况下也没法查明真相。只要我们不慌，不露出破绽，就一定能守住秘密。"

我以笃定的语气作了总结。

两人的表情立即严肃起来。

"到生死关头了啊。"和泉的声音里没有半分胆怯。

"得拼死一搏了。"黛玛拍了拍自己的脸颊。

面对近在眼前的威胁，两人似已做好了准备。

土井很可能会在今明两天联系私人调查所。

"我感觉这几天就会有动静，在这之前，得做好万全的准备。"

我一边说着，一边思考接下来的事情。

私人调查所的调查可能会持续一个月左右，对于一个微不足道的偶像事务所，筹措长期的费用无疑是很困难的，但也决不能掉以轻心。

有关羽浦行踪的证据确实消失了，但这并不完美，想抹除一个人在世上的所有踪迹显然是不可能的。要是发现意料之外的证据，警方也可能会采取行动，这样一来，我们立刻就会陷入山穷水尽的地步。

这可谓是我们面临的最初也是最大的危机。

必须重新梳理不安因素，设想一切可能的发展，并冷静应对。

唯有克服这个困难，我们才能继续做偶像，不然的话——

我的心脏突然悸动起来，因此我决定尽量不多想。

作为替代，我想到了下个月的四周年纪念演唱会，想象着我们跨越危机并站在舞台上的样子。

真是讽刺啊，以前每逢演唱会就会感到窒息的人，如今却把这当成心灵支撑。

那会是怎样的演唱会呢？我又将以怎样的心情站在舞台上呢？

"为什么突然不说话了？"

"头痛吗？"

黛玛与和泉担心地问道。

"不，我没事。"

我松开紧绷的眉间，看向了两人。

要如何让她们笑着站在舞台上呢？我考虑的唯有这个。

*

三天后，我们被叫到了事务所。

"在课程结束后的疲惫之时打扰你们，真是万分抱歉。"

土井以没有半分抱歉的表情说道。

"没关系，毕竟是紧急情况。"

我寻求同意似的望向左右，黛玛与和泉表情紧绷地点了点头。

"去那边的房间。"

土井毫无感情地看向里面的房间，那是羽浦存放收藏品的房间。

"那就先从瑠衣小姐开始，可以吗？"

"好。"我应了一声，迈开了脚步。背后可以感受到两人祈祷般的强烈视线。

不必担心，我能应对好的。我以毫不犹疑的脚步替代回答。

我站在门前，敲了敲门。

"请进。"

里面很快就有了应答。

我推开门，走进了房间。

室内摆着一排收纳 CD 的架子，靠墙并排放着三把贝斯，这是凝聚着屋主兴趣的空间。当晚的记忆被唤醒了，苦涩在舌根扩散开来。

和当晚不同的是，房间中央摆着一张简易的桌子和两把椅子，上面端坐着一个男人，他单手拿着平板电脑，脸上挂着亲切的笑容。

"请，这边坐。"

男人伸手将我请向对面的椅子。

我在椅子上坐下，观察着对方的模样。

男子的年龄约莫三十出头，年龄应该与土井相仿，短头发梳成了大背头，西装搭配着休闲裤。要是在街上遇见这样的人，大概会把他当成金融行业的业务员吧，看起来并不像是找人的专家。

"初次见面，我是下谷。"

对方递上了名片，"下谷调查所代表"的文字跃入眼帘，我事先浏览了网站，得知这是一家个人经营的私人调查所。

土井委托下谷搜寻羽浦已经是前天的事了。为了找相关人员问话，我、黛玛与和泉被召集于此。

"在百忙之中占用时间真是抱歉。哦，可以称呼你瑠衣小姐吗？"

还没来得及等我回应，下谷又开口说道：

"话说回来，不愧是偶像，长得真是漂亮，光是面对面就会感到紧张呢。"

"你知道羽浦先生的下落了吗？"

我开门见山地问道，假装严肃到连恭维话都不愿回应的地步。

"很遗憾，还没查访到他的下落。"

下谷摇了摇头。

"我正在调查羽浦先生的交友关系，目前还没有线索，他似乎并没有什么朋友和恋人。"

和泉的地下交往似乎并没有暴露，我暗自松了口气。

"所以我想听听你们几个的想法。星光★宝贝的三名成员和羽浦先生走得很近，尤其是瑠衣小姐，你和他共事的时间最长吧。请助我一臂之力。"

"当然，我会尽我所能地协助你。"

我一边说着，一边往丹田灌注气力，为了不让情绪的波动浮现在表情和动作上，连指尖的神经都紧绷着。

下谷恭敬地朝我点头致意，然后开口道：

"那我们马上开始吧，首先想确认一下，瑠衣小姐最后一次见到羽浦先生是在一月十四日晚上对吧？你能详细告知当时的情况吗？当天的事我已经从土井先生那里了解过了，现在想从瑠衣小姐的角度再听一遍。"

"傍晚的演出结束后，我们几个暂时解散了。然后我和另一位成员被羽浦先生叫回了事务所。"

"另一位成员是谁？"

"黛玛，就是那个金色短发的女孩。"

"原来如此，"下谷一边滑动平板电脑一边点头，"被叫回事务所后做了什么呢？"

"陪羽浦先生一起去吃晚饭了，在北新地的怀石料理店。"

"哦，不错，北新地的怀石料理店一定很不错吧？你还记得店名吗？"

"请稍等。"

我用手机搜索这家店，然后一边说着"应该是这家店"，一边展示了手机屏幕。

对方交替看着手机屏幕和平板电脑，朝我微微点头表示感谢。

"谢谢。"

他没有询问更多有关餐厅的问题。当晚我们到底在店里吃了什么，他想必已经了然于胸，关于来客的身份应该也向店家确认过了。

也就是说，只要有一点搪塞或是撒谎，会被他立刻识破，然后被逼入死胡同。

"怀石料理店是你们三个人一起去的吗？"

"不是，羽浦先生的两位熟人也在，所以是五个人一起吃的饭。"

"哦，羽浦先生的熟人吗？"

"两个人都是公司的社长。一个是在东京经营活动策划公司的，"我一边回想着蟾蜍男的脸一边回应，"另一个是经常上电视的人，名字叫河都。"

"是企业家评论员河都先生吧？我每天早上都会看那人参与的新闻节目，居然能结识这么有名的人，你家社长也是挺厉害的。"

"听说是在大学的音乐社团里认识的。"

"从大学开始，那就是有近二十年的交情了？"下谷在平板电脑上挥动着笔，"河都先生好像是东京人吧？那么他是特地跑到北新地来的吗？"

"好像在大阪的电视台录了节目，结束后才来参加的晚餐会。"

"啊，在大阪的电视台也有工作吗？整天上电视，自己的公司不要紧吗？如果我是公司员工，倒觉得不是什么好事，还是别到处瞎逛，专心干好本职工作吧。"

对方哎呀呀地冷笑了一声，看上去多半掺杂着几分嫉妒。

"在大阪的工作结束后碰面，看来羽浦先生和河都先生挺要好呢。"

"关系似乎挺铁的，据说一年至少要见一次面。"

"一年至少一次啊，虽说是从学生时代就开始打交道，但好像也没那么亲密吧。"

下谷低着头喃喃自语，然后突然把头一抬。

"言归正传，你们再加上羽浦先生的熟人，五个人一起吃了晚饭，羽浦先生在晚餐会上表现如何呢？是不是看起来很严肃或者在想什么心事？"

"看不出什么，"我摇了摇头，"他只是很生气，因为晚餐会失败了。"

"失败？能详细说说吗？"

"好。"我应了一声。发生纠纷的事情对方应该已经从土井那里听说了，所以没有隐瞒的意义。

"我们的任务是在晚餐会上招待羽浦先生的熟人，但我和黛玛没做好，所以得罪了一个熟人。"

"得罪了河都先生？"

"不是，是另一个经营活动策划公司的人。因为这个缘故，晚餐会只开到一半就被迫终止了，羽浦先生非常恼火。这样的饭局以前也有过几回，但全都没得到什么好结果，所以他似乎积攒了不少愤懑。"

"结果指的是什么？"

"就是偶像的工作，羽浦先生的战略是在饭局上和企业家建立联系，然后接到现场的工作。"

"这算什么战略，分明就是出卖你们的——"下谷慌忙掩饰了自己的真实想法，"发火的具体原因呢？"

"他摆出粉丝减少和现场演出的销售额下降的现状指责我们，还说我和黛玛是组合的包袱。"

"太过分了。"

下谷皱起了眉头，他大概认为我是个被不情愿的应酬和销售额逼迫的可怜偶像吧。这样最好，还是将自己包装成憧憬花花世界，被人压榨的无知受害者比较好办。

"晚上八点后，我和羽浦先生分别，之后就再也没见过面。"

"原来如此，真是令人憋屈的分别方式。"

"我和羽浦先生共事了四年左右，那晚是我头一次被他大声痛骂。"

"真的假的，羽浦先生好像也走投无路了。"

"是啊，我觉得他已经到极限了。"

我舔舔嘴唇，摆出一副欲言又止的样子。

"下个月就是我当偶像的第四年了，老实说，这几年过得挺痛苦，好几次都有辞职的想法。羽浦先生大概也和我一样吧，对工作的不安和失望不断累积，最终爆发出来，然后……"

"他就撇下事务所逃跑了？"

"我也不愿这样想，但要是在晚餐会上发生了那种事后失踪的话，难免会往不好的方面……"

虽说真相犹在更糟的方向。

"因为经营不善而消失吗？这的确是最有力的线索。我过去办过的案子中也有经营者因同样的理由失踪的。"

下谷不再毕恭毕敬，而是从桌前探出身子。

"只是有些奇怪的地方。"

"奇怪的地方？"

我不假思索地反问道。是什么呢？我在脑内准备好事先能够想到的所有展开，等待对方的话。

"有两个疑点。"

下谷竖起了两根手指。

"首先是钱。社长消失了，却对存有事务所运营资金的银行账户丝毫不曾染指。这就很奇怪了。通常情况下，他会把账户里的钱全部提走，然后再逃跑。"

"真是个糟糕的'通常情况'啊。"

"只要和钱扯上关系就会变成那样，更何况要玩消失的话，总得有钱才行。既然如此，社长为何不碰账户呢？"

"这么一说还真是奇怪，为什么呢？"

我抱着胳膊假装思考了片刻。

"他是不是想拖延被人发觉失踪的时间呢？事务所的钱是由土井先生管理的。"

"你是说提款的时候会被发现吗？但是从社长失踪的十四日到十六日正午过后，土井先生都没有上班，没必要担心被立刻发现。话说回来，就算是为了不被发现，失踪的事早晚也会曝光，拖延不了多久吧。既然如此，就该把钱带走才对。"

"嗯，也对，"我附和着意料之中的回答，"那他或许要把钱留给我们吧。要是事务所没钱了，就没办法进行偶像活动了。"

"一心逃跑的人会有这种念头吗？"

"就算逃跑了，羽浦先生到底还是我们的社长啊。"

我弱弱地笑了笑。下谷同情似的眯起了眼睛。

"好吧，先不提资金的事。还有一个奇怪的地方，事实上，我更在意的是这个。"

他接着说道。

"其实公寓的防盗监控被人动了手脚。"

"动了手脚？"果然是这个么。

"摄像头的 SD 卡被人拔走了，还是正门后门一起被拔的。所以没法确认公寓出入口的影像记录。"

下谷无奈地耸了耸肩。

"而且公寓的物业似乎从来没检查过监控，也不知道 SD 卡是什么时候被拔走的，也就是说，何人以何种目的在监控上动了手脚，目前仍是个谜。

按物业的说法，这栋公寓的治安原本就不太好，这有可能只是个恶作剧。可我不这么认为，我觉得这和本次羽浦先生的失踪有关，你觉得这是为什么呢？"

我歪过了头。难不成对监控动手脚的场面被公寓的居民撞见了？又或者其他地方的监控拍到了我们的身影？

原本担心的状况骤然浮现在脑海中，但我并没有多说，只是窥探着对方的反应。

"因为唯有电梯里的摄像头没被动过手脚。"

下谷微微扬起嘴角。

"这栋公寓总共有三处监控，分别安装在正门，后门，还有电梯内侧。在这三处地方，唯有电梯的监控是完好的。这是为什么呢？想想就知道了。"

他仿佛挥舞着教鞭般流利地陈述着，我坐直身子仔细倾听。

"电梯里的监控没被动过手脚，也就是说，凶手没进电梯，而羽浦先生消失的时间点恰好在电梯故障期间。"

太弱了，我想。从推理而言这也过于薄弱了，仅凭电梯故障这点依据，并不能作为羽浦消失时监控被动手脚的证据。

下谷似乎也意识到了这点。

"我也清楚这种说法逻辑上有漏洞，摄像头的 SD 卡被拔走的时间很有可能比羽浦先生消失的时间早得多，因此是与本案无关的人动的手脚。即便如此，我仍认为这与羽浦先生的失踪有关。"

他充满自信地说道。难道还有其他证据吗？

"你凭什么这么认为呢?"我问。

"直觉。"下谷毫不犹疑地说道。这是棘手的根据,直觉意味着虽然无法付诸言语,但能凭借知识和经验嗅到可疑的气味。这点不容忽视。

"下谷先生认为给监控动手脚的是羽浦先生吗?"

"这才是重点。"

下谷故弄玄虚地摇了摇食指。

"如果对监控动手脚的事情出自羽浦先生之手,那他为什么要这么做?"

"这难道不是为了抹消线索吗?"

我摆出沉吟的表情。

"凭借公寓监控的影像记录可以获知很多信息,比方说几点几分出了公寓,穿着什么样的衣服,带了什么东西,是否匆忙,表情如何。是不是因为关乎行踪,他才对监控动了手脚呢?"

"哦?"下谷吹了吹口哨,"基本都说中了。瑠衣小姐真是敏锐啊,真希望你能来我们的事务所。"

"我会考虑的。"

我敷衍地应了一句,下谷开玩笑似的双手一摊,看来是个戏挺多的男人。

"另外,通过影像还能确认羽浦先生是不是一个人出去的,如果连这都能回答出来的话,那就是满分了。"

我的心脏微微悸动,居然指出了我故意略过的地方,专业人士果然不容小觑。

"就像瑠衣小姐说的那样,如果是羽浦先生动的手脚,那肯定是为了抹消与自己行踪有关的线索吧。可那样的话就太奇怪了,越想越觉得费解。"

下谷的浅笑逐渐变作了严肃的表情。

"究竟是什么样的线索，需要特地在防盗监控上动手脚来消除呢？既然要如此谨慎，那一开始就别在监控上留下线索，装作一副平常的样子外出不就行了吗？

既然是自住的公寓，自然不可能不知道摄像头的事，总觉得这里不太自然。这样一想，另一条线索就浮现出来了。"

接下来才是重点，我全神贯注地听着。

"对监控动手脚的并不是羽浦先生，而是与羽浦先生的失踪有关的人拔掉了摄像头的 SD 卡。"

"这就是说……"我屏住了呼吸。

"羽浦先生可能被人绑架囚禁了。绑架犯来到这栋公寓，掳走了羽浦先生，为了销毁证据，他对公寓的监控动了手脚。

"不过凶手并没有掳走羽浦先生。因为事务所里没有打斗的痕迹，也就是说，羽浦先生毫无反抗地离开了公寓，这是什么原因呢？那是因为下手的正是羽浦先生的熟人。"

我的心脏突突直跳。

光凭监控上动的手脚就能推理出如此多的信息，这就是所谓的寻人专家吗？我再度深感棘手。

下谷的确敏锐，可说到底这仅是推理，并没有证据表明其涉及凶案。尚不至于让警方介入调查。

——没事，这仍在设想的范围内。

我一边对自己说，一边凝视着下谷。

"真不敢相信，"我摇了摇头，战战兢兢地说道，"羽浦先生居然被绑架了，而且是被熟人……"

"非常抱歉让你感到了不安，但请做好心理准备。"

"怎么会这样……"我用嘶哑的声音喃喃地说，"是谁？有什么线索吗？"

我用不想听却又不得不问的语气问了最想问的问题。

"目前还不知道，总之对象有很多。"

"很多？"

"熟人，朋友，还有客户。我现在正在找各种相关人员问话，你们社长的风评似乎很差啊。"

下谷无奈地撇了撇嘴。

"空口说白话，对女人毛手毛脚，明明是个软柿子，还动不动跟人吵架。我只是稍微问了一下羽浦先生的为人，就听到一连串的骂名。居然对初次见面的我说这种话，简直了。"

虽说羽浦社长看起来不像是有人缘的类型，但也想不到竟如此糟糕。

不仅被朋友和熟人嫌弃，还与家人断绝关系。事到如今我居然对羽浦先生的境遇产生了怜悯，真是为时已晚。

"在这种社长手下当偶像，你们想必也干得很辛苦吧。劳动环境和酬劳连黑心公司都不如。"

下谷明显扭曲着脸，他似乎看过我们的合同，又或者是听土井说过。

"私底下问一句，瑠衣小姐对社长也有很多不满吧？"

他小声地问道。

我有些踌躇地回答道：

"要说没有，那就是撒谎了。毕竟我们共事了四年。"

"是呢，没有反倒有些奇怪。"

"羽浦先生有完美主义的倾向，说实话这点我很不擅长应对。"

这是事实。与其闪烁其词，还不如在某种程度上坦诚相告，这样才不会引起怀疑。

"完美主义者啊。这种人连自己都做不到完美，却要求别人完美。我的前上司就是这种人。"

"真不容易。"

"彼此彼此。"下谷的眼神像是在看知音。

"不过，虽然羽浦先生确实有我不擅长应对的地方，但他还算是个可以依靠的人，所以我才没有从事务所辞职，继续做着偶像。"

事实上，我只是因为随波逐流而继续做着偶像。

"而且到哪里不都差不多吗？我觉得并不存在对事务所毫无不满的偶像吧。"

"原来如此，这行可真是严苛啊，"下谷喃喃地说，低头看了一眼手表，"哎呀，这么晚了啊，不好意思，耽误了你这么久。"

下谷将平板电脑搁在了桌子旁边。

问话似乎已经结束了，紧绷的身体在不知不觉中松弛下来。

下谷仿佛看穿了这点，将脸凑了过来。

"最后再问个问题，可以吗？"

下谷竖起食指露出了笑容，可眼里却没有笑意。

"你真的希望羽浦先生回来吗？"

他紧盯着我，似欲看穿我内心深处的想法。

果不其然，我被列入了嫌疑人名单之上——作为羽浦失踪事件的嫌疑人。

我并未因为冷不防的提问而表现出愠怒或不悦，而是坦率地表达了自己的真情实感。

"我希望他能回来。"

话一出口，我的胸口就痛楚不已，通过付诸言语，我再一次体会到，我打心底希望羽浦能够回来。

希望他能安然无事地回来，我们三人能像以前一样继续做偶像。

即便明知这个愿望已经永远都不会实现了，但我仍在祈祷。

或许缘于这连自己都颇感诧异的真实感，下谷有些意外地眨了眨眼。

"明白了，我会尽力去找的。"他坚定地点了点头。

"拜托了。"我也朝他点了点头。

总算是熬过去了吧，应该。

下谷仍在调查失踪的事，对我的怀疑也并不为零。

但最后的问答令他的警惕心下降了很多，把嫌疑人名单按顺序往下排的话，我恐怕处于垫底的位置吧。

"今天耽误了你的时间，真是不好意思。要是有什么想问的，我可能还会联系你，届时请多关照。"

"好的，我知道了。"

正当我起身离去的时候。

"也得为它们尽快找到主人啊。"

下谷将视线投向了房间深处的乐器，抬起视线依次看向了 J 贝斯，P 贝斯，最后是低音贝斯。

"很棒的贝斯啊，这种贝斯管弦乐队也会用吧。"

"是啊。"

我一边说着，一边将眼睛从低音贝斯上挪开，每当看到那个乐器，羽浦的尸体就会闪现在脑海里。

"比成年男人还大的贝斯搬起来应该很费劲吧。"

脊背上传来一阵凉意，我故作镇定地回答道：

"这么重，应该很累吧。"

声音里应该没有颤抖。

"光是搬运就能锻炼肌肉呢。"

下谷只是微微一笑，并没有展开话题，也没有观察我的反应，只是盯着 CD 架，嘴里嘟哝着：

"好多 CD 啊，都够开店了。"

看起来只是闲聊而已，大概只是因为低音贝斯很罕见，故而充作话题而已。

压在身体上的紧张感骤然退去，我强忍着几欲瘫倒的冲动，缓缓站起了身。

"失陪了。"

我走出房间，仍能感到心脏在激烈地跳动着。

虽然总算挺过了最后时刻的惊悚，但并不能彻底安心。

行程只不过完成了三分之一而已。

回到客厅，事务所的人全都盯着我看。

"辛苦你了。"

土井用事务性的语调说道，黛玛与和泉不安地绷着脸，两人的问话自此开始。

黛玛摇摇晃晃地站起了身，下一个就轮到她了。

我有很多想要传达的言语，却也不能贸然搭话，除了祈祷，什么都做不了。

对方很棘手，请务必小心。

＊

大约二十分钟后，黛玛返回了客厅。

138

接受完调查所问话之后，她的表情十分疲惫，却看不出有任何恐惧或动摇，反倒有了一丝轻松之色。

看来黛玛也挺过来了。

至此，三分之二的行程已经走完。

旁边的和泉收起了手机，就这样站起了身。她的侧脸有点僵硬，但并没有过度紧张。最后终于轮到她了。

我们三人互换了一下眼神，无须言语也能传达彼此的心意。

还差一点，一定要挺过去。

和泉进入了房间里。

留在客厅的我和黛玛并没有交谈，而是各自盯着手机屏幕，土井则在用笔记本电脑办公。

唯有电脑打字的声音回荡在寂静无声的客厅里。

即便侧耳倾听，也听不见里边房间的对话声，这栋公寓虽然有些年头，但隔音很好。

我一边查看社交平台上的帖子，一边快速创建了一条消息。

（怎样？）

看到消息后，黛玛很快回复了。

（被问了一大堆问题，但我感觉没有受到怀疑，到最后基本上就是闲聊。）

（那就好，辛苦了。）我回复道。

（和泉不要紧吧？）

（我已经事先告诉她会被问什么问题了，她应该有所准备了吧。）

在黛玛被问话的时候，我与和泉也通过网络信息交流。

（那么她应该还算冷静吧？应该没问题吧。）

（只能相信并等待了吧。）

（嗯，不过干等着真是太难受了，真希望她能告诉我们在谈什么。）

（可是在和调查所的人谈话的时候是不能看手机的。）

我们三人若有不想被人看到的对话，就会在某社交平台上发私信，为了不留下证据，还加了自动删除信息的设置，除非是专业人士，否则很难恢复消息。

虽然有其他保密度高的即时通讯应用，但我们还是选择了这款虹色相机图标的社交平台，那是因为和我们同龄的人经常会用，无论何时打开都不会显得不自然。

我和黛玛假装刷手机，一边发消息，一边静候和泉回来。

当和泉进入房间四十分钟后，土井停下了敲打电脑键盘的手。

正当我斜眼确认土井是否在望向房间那边时，手机收到了黛玛的消息。

（太久了吧?）

黛玛的目光依旧落在手机屏幕上，但表情很是严峻。

确实很久，我和黛玛不到二十分钟就结束了。

（在问什么?）（只是闲聊吗?）（真的没问题吧?）

私信似雪片般飞来，黛玛的担心不无道理。

和泉是主犯，她的心理负担并非我们这些共犯可比拟的，光是被第三者怀疑与案件有关，就会给她带来莫大的精神压力。

调查所敏锐的推理为我带来了不小的麻烦，对和泉来说，这将是更尖锐的威胁。即使设法顶住压力，也可能会产生细小的裂隙。

罪孽很可能从这个小小的裂隙间暴露出来。

当然了，和泉的压力和私人调查所的敏锐都是可以预见的，我们也是提前小心拟定好了应答策略，才在今天来此赴会。即便如此，不安仍旧没法抹去。

我从手机上抬起了头，望向紧闭的门扉。里面究竟发生了什么呢？

是被接连质问了吗？是被指出了证词的矛盾吗？抑或是被展示了某些证据？

不安的念头占据了脑海。我轻轻地摇了摇头，将想象尽数驱除，然后给黛玛回了信息。

（应该快结束了。）

又过了十五分钟，和泉出来了。

她的脸上写满了疲惫，几乎垮掉似的瘫坐在凳子上。

黛玛战战兢兢地问道：

"你还好吧？"

"嗯，只是说了很多，有点累而已。"

和泉精神恍惚地回答道。

究竟是真的聊得太累，还是暴露出某些致命的东西而茫然失所呢？目前尚不清楚。

私人调查所究竟问了什么，和泉又是如何回答的呢？

虽说很想详细确认一下，但目前的首要之务是离开这里。

"土井先生，我们今天可以走了吗？和泉好像累坏了。"

听完我的话，土井点了点头。

"好的，你们走吧。课程结束后还强留你们，真是不好意思。"

"那我们先告辞了。"

我和黛玛搀扶着和泉离开了事务所。

我们在公寓楼下叫了辆出租车，三人一起上车。

或许是因为弥漫在我们之间的空气过于沉重，出租车司机虽然有些诧异，但并没有多说什么，便发动了汽车。

乘坐出租车返回和泉的家后，我们三个聚集在客厅里。

"他好像很在意最后一次见到羽浦先生那天的事。"

和泉嘴里含了一口矿泉水，磕磕巴巴地说了起来。

"那天只有我没参加接待吧。调查所的人一直在深究这个，导致谈话拖延了很久。"

"对方是问你在招待期间做了什么吗？难道是只有和泉一人没有不在场证明，所以被怀疑上了？"黛玛急迫地问道。

"不，与其说是不在场证明，倒不如说是为什么只有我一人没被叫去接待。平时都是瑠衣和黛玛招待客人，我一次都没参加过。调查所的人问了我其中的原因。"

"你是怎么回答这个问题的呢？"这次换作我问道。

"我的回答是因为我在偶像工作上完成了销售定额，接待是给未完成定额的成员安排的工作，所以就没叫我。"

和泉有些尴尬地低头朝下看。"这个回答可以吧？"

"嗯，没问题。"

这是我们预先商量好的回答，接待是给那些没完成销售定额的成员追加的工作，这是羽浦亲口说过的话。

"你这样回答后，调查所的人并不认可吗？"

为了避免听上去像是责备，我尽量放慢了语速。

"不清楚，不过我感觉从那里开始，提问的方向就改变了。"

"怎么说？"

"他详细询问了我平时和羽浦先生是怎样相处的，谈过些什么，工作以外是否接到过羽浦先生的联系等，都是这类问题。"

"什么情况？我完全没被问过这样的问题。"黛玛疑惑地歪过了头，"他既然这样问，难不成……"

"他是想确认羽浦先生对和泉有没有好感。"我接着说道。

完成了销售定额仅是场面上的理由，调查所的人认为是社长羽浦对作为异性的和泉抱有特殊感情，所以才没让她参与接待。

"然后呢？被问及和羽浦先生的关系时，和泉是怎么说的？"

"我说我们就是一般的社长和麾下偶像的关系，在一起的时候会有些日常的对话，但除了工作，我不会和羽浦先生见面，也从未收到业务联络以外的私人联络。"

"嗯，我觉得没问题。"

"我也觉得。毕竟和泉和羽浦看起来并没有特别亲近。"黛玛说道。

"那还好，"和泉露出了稍许放松的神色，"但调查所的人之后又问了很多问题，甚至问我第一次是在哪里见到羽浦先生的，是如何被物色进组，以及为什么想加入事务所。"

"他为什么想知道这些呢？这对调查没什么用处吧。"黛玛疑惑地摇了摇头。

我也不觉得这和寻找下落有关，如果真是这样，那么这些问题可能另有所图。

"调查所的人可能在疑心和泉和羽浦先生有什么牵扯，他或许认为两人之间有什么特殊的关系。"

这话把两人吓了一跳。

"他是怎么发现的，这事连我们都没发现啊。"

"我从未对别人说过，哪怕对朋友和家人也是保密的啊。"

面对慌乱的黛玛与和泉，我安慰道：

"先别紧张，这只是可能性而已，"我叮咛般地解释道，"既然对方仅因为监控被动了手脚就推断羽浦先生的熟人牵涉其中，那仅因和泉没有参加接待，就认为她和羽浦先生存在恋爱关系，这样的思维跳跃也不足为奇吧。"

"好吧，确实有道理。"黛玛表示了首肯。

"难道说只有我受到了优待，所以才被怀疑吗？"和泉皱起了眉。

"也没到怀疑的程度吧。有可能只是觉得在意，就详细确认了一下而已。"

黛玛故作轻松地说道，或许是不想让气氛变得太过沉重吧。

虽然情况并不容许如此乐观，但我并未提出异议。

与调查所的交流已耗尽了大家的精力，倘若再去传达不安因素，那就太残酷了。尤其是和泉，她看起来已筋疲力尽，在这种状况下，要是再强调担忧，搞不好会让她的精神当场崩溃。

要是仅和调查所的人见了一面就弄垮了身体，搞不好真的会被怀疑。

我把各种不安因素姑且搁置到一边。

"虽说仍不能彻底放心，但我感觉我们今天还是挺过了调查所的调查，接下来就好好休息吧。"

我笑着对她们说道。

现场的气氛登时轻松了不少，两人的脸上也都绽放出了微笑。

黛玛靠在椅子上伸了个懒腰。

"不管怎样先吃点东西吧？肚子都饿扁了。"

"黛玛果然是饿了啊，在事务所的时候肚子就叫得好厉害。"

和泉微微一笑。

"我也听见了哦，还以为是狗在呜呜叫呢。"

"狗？你说谁是贵宾犬？"

"哪里是那么可爱的狗，"和泉回应道，"是大狗的吼声哦。"

"黛玛的肚子每叫一次，土井先生就会吓得抖一抖呢。"

听我这么一说，两人都笑了起来。

比起无谓的恐惧，还不如像这样放轻松些吧。要是一直紧绷下去，身体恐怕会承受不住。

虽说脚下如履薄冰，但我们还是成功突破了一大难关。

今天就好好吃一顿，洗个热水澡，再美美地睡上一觉吧。花半天时间不思考任何事情，就专门用来休息，应该也没什么吧。

反正私人调查所查的不只是我们，对方也说对羽浦心怀不满的人还有很多，光是调查这些人的不在场证明就要花去相当长的时间。

即便对方会有所行动，那也应该是以后的事情，至少不是今天或明天。

我是这么推断的。

不得不说，这样的想法很是肤浅。

翌日，调查所的人就造访了和泉的大学。

*

客厅里弥漫着沉重的气氛。

"当我考完试准备回家的时候，就看见了那个人……是调查所的人。然后，他突然向我搭话……"

和泉的脸色变得煞白。

"他说了什么?"我问。

"他说有事要问，想跟我说几句话。我推说有急事回绝了他，然后就回来了。"

"他想问什么?"沉默的黛玛缓缓开了口。

"不清楚。我当时只想早点离开，没心情去确认，对不起。"

"那也没办法吧，对方说来就来，怎么可能保持冷静啊。"

"是啊，"我赞同黛玛的说法，"倒不如说不急于应对才是正确的做法。"

惊慌失措的时候有可能会说不该说的话，对方很可能就是盯上了这个。

"调查所的人偏偏趁和泉一个人去大学的时候找过来，时机可真糟啊。"

和泉说大学的考试只有一节课的时间，自己一个人去也没问题，因此我和黛玛就没有陪同。

不过就算我们在场，情况也不见得会好转，反倒会惹来更多怀疑——为什么连上学都要人跟着呢？

"调查所的人说还会再联系我。"和泉咬着嘴唇。

"真烦人啊，昨天不是已经问了很多了吗？"黛玛苦恼地抱着胳膊，"那人到底还想打听些什么呢？"

"或许是想再详细问和泉和羽浦先生的关系吧。"

调查所的人似乎特别执着于调查两人的关系。

"是不是昨天有什么事情没问清楚，所以想确认一下？"

"不，如果真是这样，他就不会特地跑到大学来。"

不该是这种突然袭击扰乱对方心态的做法。

"虽然不清楚调查所的人究竟想从和泉那里问出些什么，不过像这样突然找上门来，肯定是有什么充分的理由。"

"充分的理由？"黛玛磕磕巴巴地说道。

"……我被怀疑了吗？"和泉用小到几乎听不见的声音问。

"我觉得可以这么认为。"

再说安慰的话已经没有意义了。如今私人调查所已经把其他调查撤在一边，专门找到了和泉。是想在她毫无准备的情况下突然袭击吧。

必须做好和泉被怀疑的心理准备。是昨天的问话暴露了什么疑点吗？是和泉的举动哪里比较奇怪吗？又或者是矛盾的证词引发了怀疑？

或许对方已经找到了一些线索，足以证明羽浦的失踪与和泉有关。

不管怎样都不是什么好事，要是不把调查所的注意力从和泉身上移开，迟早会出现决定性的——

我的思绪被突兀的声响打断，和泉的手机在桌面上短促地振了一下。

和泉战战兢兢地把手伸向手机看了一眼屏幕，然后……

"我受够了……"

她随手把手机一扔，趴在了桌面上。

被抛在一边的手机上显示着一条信息。

（我是下谷，今天突然前来叨扰，实在抱歉。等方便的时候麻烦知会我一声，虽然知道你很忙，但事情非常重要。）

是私人调查所发来的信息。

我和黛玛看着手机屏幕，陷入了失声的状态。黛玛面色苍白，整个脸都僵住了。想必我也是同样的表情。

——事情非常重要。

调查所的人究竟要说什么？想从和泉那里打听什么？

"不，不要紧。应该没什么大事。"

黛玛紧张的声音说明了事情的严重性。

我一句话都说不出，和泉仍旧趴在桌上。

已经不是能够乐观地敷衍过去的状况了。

既然提到事情很重要，那对方手上肯定有相应的证据。果真是找到什么线索了吗？或是通过推理导出的？那个男人的直觉非常敏锐。

被动过手脚的监控，组合内最受优待的和泉，比成年男性还大的贝斯。

或许对方是凭借直觉将这些零散的片段拼接起来，得出了和泉可疑的结论。

无论过程如何，要是不能避开调查所的追查，和泉的处境就会一下子变得岌岌可危。

她的不在场证明将被彻底核查，被纠缠不休，不久就会找到与凶案有关的证据，之后警方就会介入。

这样一来就万事休矣，我们的计划将尽成泡影。

或许对方已经找到了可以让警方采取行动的证据，应该是想多了吧。不，可是……

室内的空气变得愈加凝重，谁都没有出声，但我们三人的想法大概是一样的，都在想象着最坏的情况。

脑海中闪过了我们三人溺落于幽暗深渊的画面，在深不可测的水底沉沦，黛玛与和泉痛苦地挣扎着，因为那副情景太过逼真，我打了一个寒战。

不，我不想看到她俩变成那副样子。

可我不知道私人调查所的想法，也不知道对方想从和泉嘴里问出什么。

我只知道倘若处置不当，就可能陷入最糟糕的境地。

该怎么办呢？该如何躲过调查所的追究？

我一边任由寂静抚弄着耳朵，一边苦心竭力地思索着。

要是无法躲开追究又该如何？

是认罪，还是——

＊

当天，我又梦见了家人。

梦境的开端是因出差而长期不在家的父亲有一天回家了。

父亲出差的结果似乎不甚理想，他变得比以前更加暴躁，在家的时候从一大早就开始喝酒，只要家人靠近就会大吼大叫。

由于父亲的归来，我家的宁静戛然而止。

本已渐渐精神起来的母亲又一次失去了笑容，年幼的妹妹则非常害怕，一刻都不愿离开我的身边。

我们又回到了喘不上气的生活。

我们明明能过上平静的日子，大家都可以展露笑颜。

都是父亲的错，只要没有父亲——

这种想法越来越坚定的同时，我心中却依旧抱有相反的情绪。

还是尽早远离父亲为好，我幼小的心早已知悉。可每当我这么想的时候，脑海里就会浮现出父亲温柔地对待我时的模样。

睡前给我念图画书，在动物园让我骑上他的肩膀，教会我如何抓蜻蜓。

必须斩断的回忆实在太多。

所以我只得相信：总有一天，父亲会变回那时的模样，一家四口能和睦相处的日子一定会到来。我一刻不停地祈祷着。

可祈愿并没有实现。

某日，家庭的崩溃突然降临。

母亲提出了离婚，打算带着两个孩子离开家。

父亲勃然大怒，撕碎了离婚申请书，嘴里吐出了骇人的痛骂。

母亲并未动摇，平日里只会一味忍耐的母亲这次选择了正面对抗，大抵是抱着必死的觉悟吧。或许她觉得要是在这里退缩，就会永远丧失奋起的勇气。

　　面对不畏恶语的母亲，父亲便行使了暴力。以前他也时常凭借力量让母亲屈服，但那天并不一样。

　　那是真正的暴力。父亲切实地伤害了母亲。

　　一开始，母亲还奋力抵抗，可臂力终究不敌，只得趴在地上试图躲避，但即便如此，父亲也没有停手，继续实施着真正的暴力。

　　再这样下去，母亲恐怕会死。

　　虽然心里这么想，可我的身体却动弹不得，甚至连开口叫停都做不到。在极端的恐惧下，我只能抱着妹妹在房间一隅瑟瑟发抖。

　　最终，母亲失去了意识，倒在了地上。

　　然后妹妹一把推开了我的胳膊，冲向了母亲。

　　明明身为姐姐的我连声音都发不出来，只会一味颤抖，妹妹理应更害怕才对。尽管如此，妹妹还是拼命站出来保护母亲。

　　妹妹用自己的身体护住了母亲的身体，用牙牙学语的声音恳求他不要再打了。

　　父亲顿了一顿，然后目露凶光。只见他高高抬起右脚，狠狠地踢向了妹妹。刚满五岁的孩子被毫无怜悯地踢飞了出去。

　　妹妹猛地一滚，头撞在了墙上，发出了不妙的响声。她连一声惨叫都没有就倒了下来，随后便不再动了。

　　我一时无法理解发生了什么，整个人陷入了呆滞。

　　数秒之后，我终于突破了恐惧带来的僵直，冲到妹妹身边。妹妹并没有流血，我把脸凑近她的嘴边，呼吸还在，但虚弱得什么时候消失都不奇怪。

母亲那边要是不及早治疗的话恐怕也很危险，现在的情况容不得半分耽搁。

我抬头看向父亲，竭尽全力地乞求说：

"爸爸，叫救护车！"

"不用管，别小题大做。"

父亲一边喘着粗气，一边走向了餐厅。然后像无事发生一样开始喝酒。

我一时间无法理解父亲在说什么，在做什么。或许是我不愿理解，我不想面对这个现实。

家人正处于这种状态下，他竟能置之不理？他居然能一边施暴，一边泰然自若地喝酒？

我终于意识到了，明白了这一切。

是啊，已经回不去了。

对父亲而言，我们已不再是家人，我们变成了对他而言无论死活都可以满不在乎的存在。

那他就是敌人了，这个男人要夺走我珍视的人，于我而言只是威胁。

唯有将其清除。

我内心的某物爆裂了，视野被染成一片通红，心脏剧烈地搏动着，几欲从胸腔飞出。

回过神来的时候，我已经握住了菜刀，用锋利的刀尖指向了父亲。

父亲露出惊诧的神色，手里的酒杯落了下来，一摊琥珀色的液体在桌面上蔓延开来。

他大声呼喊着什么，我听不清楚。没必要倾听仇敌的话语。

我双手紧紧握着菜刀柄。

为清除敌人向前迈出了一步。

＊

午后的后台回响着少女们清脆的笑声。演出结束后，其他组合的偶像们正在谈笑。

我们坐在后台的一隅，跟那群人保持距离。此刻我们脸上的表情消沉得根本不像将要登台演出的样子。

"就是今天了。"

黛玛叹了口气。

今晚要和私人调查所的人谈话了。三天前，对方给和泉发了一条信息，说有要事要谈，从那以后，我们一直在思考对策，但并没有什么好的办法。

所谓要事究竟是什么，我们的立场又将如何变化？一切都将在今晚揭晓。

"我会咬死不承认的。"

呆然地盯着地板的和泉抬起了头。

"就算对方摆出证据，我也咬定什么都不知道，这样就可以了吧。"

"嗯，这样就好。"我回答道。

除此之外已经无路可走了。

即便调查所的人拿出了无法抵赖的证据，也要以毫不知情的态度硬撑到底。

即便被逼到了悬崖边，也不承认任何对我们不利的事实，在悬崖边认罪是绝不允许的。

无论背负了多大的猜忌和怀疑，都要装成一无所知的样子。

这就是所谓的苦肉计——不对，这连计谋都算不上。

但无论调查所的人手上的证据究竟为何，真正决定性的证据都深埋在土里，只要那个不被挖掘出来，就无法给和泉定罪，谁都不能审判我们。

羽浦的尸体可谓是保护我们的最后一道防波堤。

可万一防波堤崩塌了又该怎么办呢？

要是调查所已经找到了埋尸地点呢？

这种状况光是想象一下就让人头晕，但对于这种状况，我也思考过对策了。

只要我把调查所的人——

"瑠衣，你没事吧？"

我猛然回过神来。

"你的眼神好凶啊。"

看来是脑海中的画面情不自禁地表露在了脸上。

"没事，我只是在想心事而已。"

我并没有将自己思考的对策和她俩商量，倘若有必要，我打算自己动手。

谈话中断了，后台陷入了沉寂。

在压抑的寂静之中——

"不知道调查所的人会问些什么。"

和泉露出了微笑，像是要消除郁结的气氛。

"不过无论发生什么，我都不会提你们两个。"

她那大大的眼眸里满溢着悲壮感，好似英勇赴死的士兵。

我正欲说些什么，但还没来得及开口，手机就传来了振动。

那是没有记录的号码打来的电话，可又觉得似曾相识。

手机仍在振个不停，踌躇再三，我接起了电话。

"喂？"

听筒那头传来的声音令我立刻站了起来。

两人见状投来关切的视线，我向她们打了个手势示意不要担心，然后走出了更衣室。

一直走到空无一人的走廊尽头，我才回应道：

"什么事？"

"抱歉在你忙的时候打来。我有事想要问你。"

河都的声音敲打着鼓膜，他那冷静的低音抚平了我的心绪，我情不自禁地对这样的自己产生了厌恶。

"该不会现在正在演出吧？"河都似乎听到了舞台上的演奏声，心有顾虑地说道，"那我待会儿再打来吧。"

"没事，离演唱会开始还有一段时间。你想问什么？"

虽说心中有数，可我还是姑且确认了一下。

"昨天晚上，调查所的一个叫下谷的人打来了电话，说羽浦失踪了。"

果然是羽浦的事，调查所的人似乎对河都也进行了问话。

"你跟调查所的人说了什么？"

"我被详细问及了和羽浦的关系，我参加完晚餐后，羽浦就消失了。所以他似乎怀疑我和羽浦的失踪有关，气氛搞得像是在审问犯人一样。"

对面隐约传来了一声轻叹。

"晚餐会结束后，我就直接回了东京的家，第二天就和家人外出旅行。哪怕我这么解释，那边仍不太信，最后我让我太太和孩子出来作证，这才勉强打消了对方的怀疑。"

"是吗？"我不经意间回复了冷淡的话，于是慌忙补了一句，"那就好。"

"是啊，不过我完全不知道羽浦已经失联两周了。"

"对不起，我们这边也很忙，忘记联系你了。"

事实上我是想把事态尽可能地往后拖延。

"没事，不用道歉。只是我真的吓了一跳，羽浦竟然……"

隔着手机也能感到河都沉痛的心绪。似乎是想与我相互鼓励一下，他用开朗的语气接着往下说道：

"羽浦就是这个样子，我想他一定会突然回来的，虽然表面上看不出来，但那家伙其实是很敏感的。读大学那会儿他决定留级的时候，因为打击太大也消失了好一阵子。这回肯定也是类似的情况，等他调整好了，肯定会回来的。"

"我也是这么想的。"

"嗯，一定会回来的，相信他，再等等他吧。"

他那坚定的话语在我心中空洞地回响着。

"顺便问一声，事务所那边还好吧？羽浦不在应该很困扰吧？"

"还行，有经纪人土井先生在。"

"是吗？"河都安心地叹了口气，随即又问，"瑠衣你没事吧？"

我一时无言以对。

要是我说有事，他会立刻赶来吗？要是我吐露秘密，他会施以援手吗？

何其愚蠢的想法。依靠河都又能如何？这简直比乱抓救命稻草还要愚蠢。

"没事哦，谢谢。"

我静静地回答道。

河都似乎仍有话要说，但我还是谎称"对不起，经纪人有事找我"，随即结束了通话。

我沿着散发着霉臭的走廊往回走，回到了黛玛与和泉等待的后台。

不多时，土井出现在了后台。

"差不多了，请做好准备。"

他依旧是那张扑克脸，让人难以窥见内心的想法，不过理应已从私人调查所那里听闻了调查的进展，他却什么都没说，难不成是在怀疑和泉？

我们三人走出后台，走向了通往舞台的走廊上。

途中，我感到了后背强烈的视线，于是条件反射地回了头。

土井正目不转睛地看向这里，虽面无表情，但目光锐利。他的眼神不像是在目送我们登上舞台，更像是瞪视。

看来土井确实在怀疑。

我并未感到动摇，内心冷静得没有一丝波澜。

"瑠衣你没事吧"——河都的声音回响在耳畔，我捂住耳朵，不愿去听。

我不能依靠任何人，能依靠的只有自己。

不止是私人调查所，若到了迫不得已之际，连土井也——

我怀着阴暗的决心，登上耀眼的舞台。

*

演唱会顺利地落下了帷幕。

虽说出现了黛玛跳错舞步的罕见失误，但演出本身还算热烈。

演出后的特典会也圆满结束，我们离开了会场。

在这之后，我们打算坐车返回事务所，一起商讨下个月的四周年演唱会。

"再小走一段路就能到停车场了。都怪演出场地附近没有停车的地方。"

土井领着我们走在国道沿线的人行道上。他的表情好似石头般纹丝不动，乍一看仍是那张扑克脸。

但和他打了四年交道的我能够觉察到他与往常的不同。他的表情比任何时候都要僵硬，周遭的空气也弥漫着紧绷之感。

毫无疑问，土井也在紧张，原因不言自明，多半是因为和泉与私人调查所定在今晚的谈话吧。

所谓的商讨只不过是幌子，他是打算监视到晚上，防止我们逃跑。

特典会的中途，他也在不停地翻看手机，或许是在与私人调查所保持着联系。

事态正朝着越来越糟的方向发展，我感到了仿佛地狱近在咫尺的恐惧。

干脆向土井坦白吧，将发生的事情和盘托出，并恳请他不要报案。如此一来或许他也有合作的可能性。

可这样做风险极高，一旦失败，就意味着一切都完了。我不认为我们在土井眼里有多么重要的地位，很难想象他会甘愿冒着巨大的风险成为共犯。

说服是最后的手段。当走投无路之际，不管是哭求还是其他什么办法，都只能将土井拉到我们这边。

要是他仍不为所动——我就得下定决心，一个冷酷无情的决心。

沉浸在这样的思绪中，我们走到了目的地。

那里是地下停车场。

混凝土浇筑的空间里零零星星地停着几辆车，事务所的车停在最里面。

土井领着我们走进了停车场，四周杳无人迹，唯有我们四人的脚步声和拖动行李箱的滚轮声。

不知为何，我有种不好的预感，一种说不清道不明的征兆席卷了全身。

我不禁停下了脚步，走在略前位置的黛玛诧异地回过了头。

几乎同时，两个男人自柱子的死角现身，是光头和背头的二人组，两人都身穿西装。

二人组用毫不犹疑的脚步挡住了我们的去路。

是谁？什么情况？

背头男首先对不知所措的我们搭话道：

"是星光★宝贝的人吗？"

"是，没错。"土井应道。

对方认识我们，是粉丝吗？不，我从未在演唱会上见过这样的二人组。

"抱歉突然打扰，可以借一步说话吗？"

背头男的语气十分和蔼，而另一边的光头男则威胁似的瞪着我们。

是调查所的人吗？可那间调查所是私人经营的，理应没有员工。

那么这两人究竟是干什么的？难不成……

"我们是这边的人。"

背头男从西装的内袋里掏出一本对折的证件，在我们面前摊了开来。上面是大头照和所属部门，还有警徽。

我瞬间血气尽褪，勉强忍住了双膝瘫软的冲动。黛玛与和泉则瞪大眼睛，僵在原地。

"请问警察找我们做什么？"

土井的声音很是僵硬。他紧张是因为这个啊，他早就知道事情会变成这样。

我太天真了，完全误判了形势，警察已经展开了行动。

"我们有事找那边的小姐。"

警察将目光投向了和泉，不祥的预感化作现实。

事态并没有如预想般慢慢朝着危险的方向发展。

"泽北和泉小姐，"警察叫出了和泉的全名，举起了一张白纸，"你被正式下达了逮捕令。"

我们已经身处最糟糕的事态。

在这片连大气都不敢喘的寂静中，首先打破沉默的是黛玛。

"等等，逮捕？喂，什么意思啊？开什么玩笑，一定是骗人的。"

"没骗你，这里有逮捕令。"

光头男指向了举在手里的白纸，上面清清楚楚地写着"逮捕令"。

"不不，光凭这么一张薄纸，我们凭什么相信呢。"

"不管你是否相信，逮捕令也已经下来了。"

"你们凭什么要逮捕和泉？"黛玛顶撞道，"这根本就说不通吧，请拿出一个像样的解释！"

"具体的情况等会儿再说。"警察显得很不耐烦，又把视线转到了和泉身上，"总之先跟我们去警署。"

警察们朝和泉逼了过来，或许是状况混乱到无法理解，和泉纹丝不动。

"等等！逮捕算怎么回事？搞什么啊，和泉什么都没做！"

"黛玛！"我用短促的言语制止了她，既然有逮捕令，再怎么争执都是徒劳，甚至有可能适得其反。

"先冷静一下。"

可我的耳语根本制止不住黛玛。

"住手！离和泉远点！"

警察置若罔闻，继续围着宛如灵魂出窍般呆呆伫立的和泉。光头男取出了手铐。

"别戴手铐！她不是罪犯！"

停车场里回响着黛玛的大喊，她似乎准备随时飞扑上去。

"黛玛！"我再度呼唤她的名字。

警察并未向我们看一眼，只是淡然地继续着他们的工作。

手铐铐在了和泉纤细的手腕上，金属扣合的声音清晰可辨。那也是昭示着我们的计划破灭的声音。

"都说了别这样！"黛玛挥舞着拳头。

"停下！"我从身后抱住了黛玛，贴在她的耳边轻语道，"现在先忍一忍，拜托，求你了。"

要是连黛玛也被逮捕的话，那就真的无力回天了。

我拼命按住瞪大眼睛瞪着地面的黛玛。

就连警察也不知所措地停下了动作，土井怔怔地站着，一副惊呆的样子。

就在这时，传来了不合时宜的轻快之声。

"没事的，别担心了。"

和泉嫣然一笑。

我和黛玛都说不出话来，在此等走投无路的绝境之下，她为何能笑得如此耀眼。

"这之中肯定有误会，只要解释清楚就好了。不好意思，请大家等我过去解释一下。"

　　和泉镇定自若地说道，简直太镇定了，就连我这个共犯都差点误以为她是无辜的。

　　和泉转向了警察。

　　"走吧，车在哪里？"

　　"啊，呃，这个……"

　　两名警察四处张望，看来对和泉的镇定感到惊讶的人并不只有我们。

　　"请快点带我过去吧，我们也挺忙的，明天还有演出呢。"

　　和泉轻轻一笑，简直教人分辨不出到底谁才是被逮捕的一方。

　　"那辆。"

　　警察指向了稍远处的一辆轿车。

　　"好的。"

　　和泉挺直腰板，朝轿车走了过去。

　　她的背影好似走 T 台一般飒爽，与其说是被带走，倒不如说是她带领着警察。

　　但她毫无疑问是被捕之人，等待她的将是严厉的审讯。

　　"和泉——"

　　黛玛声嘶力竭地喊道。

　　和泉停下脚步，回头看向了她。

　　"别做出这样的表情，不可能就这样结束的，我们还没开始呢。"

　　她乐观地继续说道：

　　"虽然花了一些时间，但我做到了，终于做到黛玛一直对我说的那句话了。"

　　"做到……什么了？"

"成为偶像的觉悟。"

她那明亮的眼眸里闪耀着求道者的光芒。

"一定要攀上去，偶像的巅峰。"

和泉露出了笑容。

那是一种令人窒息的美。

即便双手被铐，面带微笑的和泉仍是那么高贵纯洁。即便在聚光灯难以抵达的寒酸地下停车场的一隅，依旧闪闪发光，耀眼得让人惊骇。

我，黛玛，甚至连土井都着了魔似的僵在那里。

车开走了，直到驶离停车场的那一刻，坐在后座的和泉都面带笑容。

望着汽车消失的停车场出入口，我和黛玛紧握着彼此的手。若不互相支持，我们甚至连站都站不起来。

不多时，一辆车驶入了停车场。

那是一辆警车。

驾驶座和副驾驶座都坐着身穿制服的警察，警车闪着红灯，威吓似的向我们靠近。

"怎么回事？为什么要开警车来？"

黛玛发出了近乎惨叫的声音。

我们也会作为重要证人被带走吗？说不定我俩是共犯的事情也被查清楚了。

"不用担心，和泉不也这么说吗？"

我用力握住她的手。

和泉并未放弃，我们不能因为被警察带走就缴械投降，我们绝不能就此结束。

"把头抬起来吧。"

听了我的话，黛玛点了点头，我们手牵手目视前方。

警车缓缓地靠了过来。

车里的状况渐次进入视野，里面有两个警察。就在这时，我突然意识到了——

不对，气氛为何会如此轻松。

正当我诧异之际，警车停了下来。

从副驾驶座上走下来一位男警察，他从帽子里垂下的头发有相当的长度，嬉皮笑脸得不像是来抓人的。而且那张脸似乎在哪里见过。

长发警察一边露出了狡黠的微笑，一边举起标语牌，上面写着几个大字——整蛊大成功！

整蛊，大成功，这两个词在脑海中徘徊不休。

"……怎么回事？"

黛玛喃喃地说。

"看起来相当吃惊啊，不过这是理所当然的。"

长发警察摘下帽子展露了笑容，直到这时我总算发觉了，他是综艺节目里人气颇高的一名艺人。

"刚才那些都是事先安排好的。"

就在我们仍沉溺于惊愕中时，许多人陆陆续续地出现在了停车场。摄像机，枪式麦克风，灯光等一齐对准我们。

"事先安排……那么，刚才那些警察呢？"

黛玛环顾着周围的器材。

"都是演员。"

艺人满脸笑容地应道。周围的工作人员也发出了笑声。

"逮捕当然是假的啦，对吧，和泉小姐。"

艺人把头向后一扭，和泉从人群中走了出来。

"瑠衣，黛玛。"

她向这边冲了过来。

"是整蛊节目哦，警察来了，我被逮捕什么的，全都是整蛊节目。"

她连珠炮似的说道，男艺人接着做了解释。

据说这是由电视台拍摄的"偶像组合C位突然被捕"的企划。

我们三个被选为了目标，地下停车场的一切都被暗中拍了下来。

听到节目的名称后，我吃了一惊。这是一档在大阪拥有极高人气的关西地区综艺节目。

"你们三个的表现太棒了，特别是被带走的场面，真的是非常震撼，连我们的演员都被搞得很紧张，他们漏掉罪名之类的重要台词的时候，我们都捏了一把汗，生怕整蛊会穿帮。"

艺人兴奋地说着，扮演警察的两人也在一旁苦笑。回想起来，他们在实施逮捕的时候确实没有提及罪名，这是不应该的。可我当时心乱如麻，以至于没有注意到这点。

"我们之前也搞过很多整蛊，这是最震撼的一次，真的就像在演电影一样。"

这倒也是，像逮捕这种事情，其他的偶像组合不可能被骗得那么彻底。

"让你们担心了，对不起，我不会离开你们的。"

和泉把我和黛玛紧紧拥入怀中，那力量勒得人生疼。不过多亏了这个，才让我们最终确信自己已经安全了。

"原来都是整蛊节目啊。"我长长地舒了口气。

"太好了，真的太好了。"黛玛感慨万分地说道。

悬着的心彻底放了下来，全身的气力好似被抽空了一般。

我们三个双腿一软，就这样相拥着瘫坐在了地上。

周围的大人们都温柔地注视着这一切，大概是觉得通过整蛊企划加深了成员间的羁绊吧。

之后节目继续拍摄，我们还被问及了被偷拍的感想。而我几乎不记得我是怎么回答的了。极度紧绷的神经突然放松下来后，整个人都处于茫然自失的状态。

唯有和泉在镜头前的爽快应答和大人们的欢笑还残留在脑海里。

*

当我的意识恢复，已是拍摄完毕，坐在车上返回事务所的时候了。

我斜倚在副驾驶座的车窗上，眺望着御堂筋沿途的银杏树，那是一如既往的熟悉风景。

到了这时，地下停车场发生的一切就像做梦一样。

在捏着脸颊确认这是现实之前，我首先向土井询问了耿耿于怀的事情。

"为什么我们会被选为整蛊目标呢？"

为何要对关西地区有名的地下偶像进行如此大张旗鼓的突袭呢？地上波电视台选中我们的理由又是什么？我完全没有头绪。

"我也很在意这个。"黛玛从后座探出身子。

"是土井先生向电视台提议的吗？"和泉也跟着问道。

手握方向盘的土井盯着挡风玻璃回答说：

"不，我什么都没做。这次的企划是电视台那边提出的，而作为经纪人的我被要求以策划人的身份从旁协助，必须瞒过你们行动，真的很不容易啊。"

为了不让整蛊穿帮，土井也绷紧了神经。我这才明白他之前为何紧张了。但最重要的谜团仍未解开。

"电视台为什么会选中我们呢？"

和泉代表我提出了疑问。

"那边也没有告知详情，不过听说是某个业内人士强烈推荐的。"

"业内人士？谁？"

黛玛瞪圆了眼睛，像是寻求答案般盯着我。我当然没有头绪，只得摇了摇头。

就在这时，我的手机传来了振动。

是河都发来的信息。

（节目拍摄辛苦了，似乎很成功哦。因为拍到了非常好的画面，导演也很兴奋，据说一定会播出的。）

接着，手机又收到了一封邮件。

（虽然晚了点，但这就是上次饭局的谢礼哦。）

寥寥数语便解开了谜团。

是河都向电视台推荐了我们，把我们送上节目。

把业绩惨淡的关西地下偶像推上人气节目，简直前所未闻，按理说只会吃闭门羹吧。

不过凭借河都的地位，的确有办法把我们强推出去。他是国内首屈一指的网红营销公司的代表人，也是颇受欢迎的评论员。虽说新闻节目和综艺节目不属于同一个制作团队，但他有能力对演员阵容进行干预也并非是什么怪事。

——这份人情，日后一定会回礼的。

招待那天，河都临别时的言语再度攀上心头。

他信守了当时的诺言吗？虽然我已经完全忘了。

166

即便是河都，想要推举默默无闻的我们，也绝非一桩易事。他是盛情说服了电视台吧。

为什么要做到这种地步呢？

我从手机上抬起了头。

不，现在并不是研究河都心思的时候，我们所处的状况并没有半分好转。

今晚，和泉就要和私人调查所的人谈话了，根据事态的发展，刚才的整蛊节目或许马上会变成现实。

我在心中斥责着自己，重新打起精神。

我将整蛊节目和来自河都的讯息从头脑中驱赶出去，将全部精力投入研究应对私人调查所的对策上。

但这一切全都成了无用功。

回到事务所后，土井用沉重的口吻向我们宣布。

——私人调查所对羽浦社长的搜索暂时中止。

*

我们把红肉放在烤盘上，传来了滋滋的烤肉声，油脂噼里啪啦地爆裂开来。

黛玛愉快地闭上了眼睛，将手放在了耳边。

"烤肉的声音真好听啊，真想把它设成闹钟的声音。"

"这算哪门子闹钟？"和泉诧异地笑了，"这样的声音能把人叫起来吗？"

"我应该会跳起来吧，还以为被子着火了。"

"真是糟糕透顶的叫醒服务啊。"

黛玛与和泉互相说着俏皮话。

我从电炉上抬起头来移向窗外，外边一片漆黑。

"瑠衣，你怎么了？"黛玛问我。

"没什么，只是没想到今天居然可以这么悠闲地吃饭。"

"是啊，"和泉看向了客厅的挂钟，"原本现在已经是和调查所的人谈话的时间了。"

因为调查所的搜索中止，因此今晚的谈话也取消了，我们才得以在和泉家悠闲地吃着烤肉。

"真没想到调查所才搜索了一个礼拜就熄火了，说是因为没钱了。"

黛玛苦笑着说道。

倘若再筹措搜索费用，事务所便难以为继了。土井在事务所里这样说道。事务所的资金周转比想象的要差很多。真没想到有朝一日我们竟然会为自己隶属于弱小的事务所而庆幸不已。

"最没想到的是私人调查所的人啊。"

对于我的发言，黛玛大力附和道：

"是啊，说有要事要谈也是瞎扯，根本就是危言耸听嘛。"

"为了防止以后再来联系，我已经拉黑了，应该没问题了吧。"

和泉叹着气说道。

从土井那里听说对羽浦的搜索中止后，为了知道今晚所谓的要事是什么，我们与私人调查所通了电话。

即便委托撤回，倘若调查所的人发现了与行踪有关的证据，就不能置之不理。我们必须在警方介入之前将其处置妥当。

和泉给私人调查所打了电话，我和黛玛在一旁紧张地竖起耳朵。

就结论而言，调查所的人并没有掌握任何证据。

据说对方以羽浦的熟人实施绑架监禁的路线进行调查，但所有可疑人物都有不在场证明，按调查所的看法，还是离家出走的可能性较大。

也就是说，和泉并没有遭到怀疑，那所谓的要事究竟是什么呢？

和泉通过电话问了一下，调查所的人用毕恭毕敬的口吻说了起来。

对方担心社长失踪会对和泉的精神造成创伤，虽然搜索停止了，但也可以提供咨询。他问和泉能不能出去喝茶，在心斋桥有家推荐的店。

谈话进行了很久，大致内容就是这样。

简而言之，私人调查所的人似乎很中意和泉。他并不是因为怀疑和泉才闯进大学，说有要事求见也不是心怀疑忌，而是想利用工作之便拉近关系。这简直是滥用职权。

敷衍几句挂断电话后，和泉立即拉黑了私人调查所的号码。

就这样，原本要在晚上进行的谈话便取消了，最令人恐惧的私人调查所的追查已不复存在。

情况骤然好转，好到难以置信。该不会是梦吧。

我捏了捏脸颊，好痛。

这无疑是现实。

调查所未能抓住任何证据就退出了，警察也不会介入搜查。只要羽浦的尸体没被挖出来，凶案将永远不见天日。

几乎将我们逼上绝路的威胁迅速销声匿迹了。

在跨越了最大的难关后，我们决定吃点东西。从今天早上开始，三个人都紧张得吃不下饭。

黛玛说这种日子只适合烤肉，于是我们在超市买了一大堆肉，如今正围坐在和泉家的餐桌旁。

"人生真是诸事难料啊。"

黛玛用筷子将烤盘里的肉翻了面。

"就在几个小时之前，我还觉得自己像是在地狱里，根本想不到今晚会是如此平静的烤五花肉之夜。"

"今天发生的事实在是太多太多了，情绪的波动就像坐过山车一样呢。"

和泉喝了口黑乌龙茶。

"这可不是一天的活动量，"我把洋葱圈放进烤盘里，"真是非比寻常的密度。"

不会再有情绪如此动荡的日子了吧。要是可以的话，我只盼永远都不会遇上。

"不过，问题总算解决了，这下可以安心了吧。"

黛玛咬了一口烤得恰到好处的五花肉，出神地咀嚼着。

"而且今天还是值得纪念的日子呢。"

和泉爽朗地说着。

"我们终于要在电视上亮相了耶，只要今天的整盅节目一播，就会有大把人知道我们星贝了。那个节目在视频网站上也很有人气，全国的人都能看到。"

"是啊。"我应了一声。根据河都提供的信息，节目导演对我们的评价很高，除非有特殊情况，否则肯定能够播出。

"我们得好好谢谢那个把我们推上电视的神秘业内人士。"

"没错。"

我装成毫不知情的模样。关于那个业内人士的真身是河都，我没吐露一个字，也没有回复邮件。

"电视出道啊。虽然很开心，但一想到今天的影像会在每家每户的电视上播放，还是感觉有点不太好。"

黛玛露出了复杂的表情。

"演出结束后的拍摄也太突然了吧。妆花了，脸也一塌糊涂，睫毛膏都结块了。如果早知道要拍摄节目，就该准备个全妆呢。要搞整蛊节目的话最好事先通知一下嘛。"

"要是事先通知，那就不是整蛊了吧。"我说。

"话是不假，可我还是想打扮得漂漂亮亮的，毕竟好不容易才上一趟电视。"

"算了算了，这不会是最后一次。我们今后还会不断在电视上露脸，还会上全国的黄金档哦。"

听和泉的口气，仿佛是在说下周的安排。

"说得好像定好了似的。"黛玛半开玩笑地说。

"就是定好了的，"和泉一本正经地回答，"我不是说要攀上偶像的巅峰吗?"

她放下筷子，表情坚定地继续说:

"虽说今天的事情都是整蛊，但我也真的被铐上了。那一刻，当自己被逼到逮捕的绝境时，我终于意识到了。比起进监狱，我更害怕失去做偶像的资格。比起今后当一辈子罪犯，我更害怕我们三个不能同台演出。"

和泉的声音虽然冷静，却响彻心扉。我和黛玛着迷般地凝视着她。

"我似乎比自己想象中还要重视星光★宝贝这个组合，所以我绝不想在这里结束。即使在最糟糕的状况下，体内仍有一股力量在不断涌现，没什么好怕的。终于，我做到了，我已经有了为偶像而活的觉悟。"

从她那毫不犹疑的语气中可以窥见坚定的决心。

“我杀了羽浦先生，也搅乱了瑠衣和黛玛的人生。”

和泉明明白白地道出了自己的罪过。

“这件事覆水难收，再怎么道歉都不可能被原谅。因此，我一定会践行今天说的话，我会让星光★宝贝成为日本顶尖的偶像组合。”

她神色凛然，态度坚定。昨天那个还有些怯懦的和泉已经不在了。虽说外形没变，却像是变了个人，想必是灵魂发生了变化吧。

就似被耀眼的光芒照射一般，我和黛玛哑然失语。和泉冲着我们伸出了一只手。

“一定要登上巅峰。”

从关西登上偶像界的巅峰——在这个口号下，组成了星光★宝贝。这只是一条宣传语，是脱离现实的想法，我一直是这么认为的。

然而此刻和泉的言语中充满了力量，足以扫清心中的死灰。我开始觉得，如果有她在的话，我们的口号说不定真有可能实现。这样的自信在内心扎下了根。

我将手叠放在了和泉伸出的手上，紧接着，黛玛也把手放了上来，她的眼中燃烧着决心，闪闪发光。

和泉满足地点了点头。

“我们三个一起，一定能够如愿以偿。”

像是在宣称世界的真理般，她露出了微笑。

或许真能如愿吧，我想。

疾风披拂，我们的漂流似乎即将结束。

在遥远的夜幕尽头，我望见了一丝曙光。

这是灯塔的光亮，还是尚未企及的星尘之光呢？

我并不知晓。

如今唯有前进。

*

以那天为界，星光★宝贝的面貌为之一变。

现场观众的反应明显好了不少，可以切身感受到投向舞台的目光和应援变得更加炽热。

其中最大的缘由当属和泉。

虽然她的舞技和唱功并没有见长，可观众却魅惑于她的舞步，醉心于她的歌声。

和泉已然化作了强大磁场的中心，每个人都被她吸引，无法将目光移开。

黛玛仿佛紧紧追随着和泉，奋不顾身地投入到演出中，令本就出色的表演更加扣人心弦。

仿佛为了回应黛玛的演出，和泉身上的光辉也变得愈加强烈。原本在演唱会上从未对视过的两人开始互相认可，交相辉映。

曾处于平行线上的前 C 位和现 C 位的强强联合，令观众沸腾起来。

至于我自己，光是跟上她们两个已是竭尽全力。除去技术上的问题，最切身的感受还是体力上的不足。演出结束后，我累得好一会儿都直不起腰，作为唯一的初代成员，这着实有些不太中用。

为了今后还能继续偶像之路，我想先把烟戒了。

我们就这样一场场地完成演出，日子也一天天地飞快流逝。

不知不觉间，一个月的光阴过去，二月已过中旬。

明天就是星光★宝贝成立四周年的纪念演唱会。

为了讨论周年演唱会的事项，我们聚集在了事务所里。

"在讨论演唱会之前，我有一个消息要通知各位。"

土井摆出一如既往的扑克脸继续说道：

"前些日子拍摄的那个电视节目，你们的片段即将播出。"

我们三人互相对视，轻声欢呼起来。

"终于要上电视了耶。"和泉笑逐颜开。

"也不知道会不会受欢迎。"黛玛带着既高兴又不安的表情嘟囔着。

"具体情况我也不清楚，一起去了解吧。"

"一起?"

土井缓缓地站起身来，看向里边的房间说了一声"请多关照"。

一名高个子男人从房间里走了出来。

看到他的面孔，我不禁哑然。

"哇，是河都先生!"黛玛高声惊呼。

"好久不见，黛玛小姐。"

河都笑着回应道。他还穿着今天早间新闻节目时的那一件衬衫，似乎在东京上完节目后就直接赶赴了大阪。

"本人? 哇，太厉害了。"

对于从天而降的名人，和泉表露出天真的喜悦。

"初次见面，和泉小姐。"

河都温柔地眯起眼睛看向了我。

"瑠衣也是，好久不见了。"

"好久不见。"

"你好像不是很惊讶嘛，我都故意躲起来不让你们发现了。"

"不，我很惊讶哦。"

上个月的酒会上也有过类似的对话。他在多年音讯全无的情况下突然现身，然后短短不到一个月又闪现于此，完全猜不透他的行动。

"河都先生为什么会来我们事务所呢?"

"我一直很在意各位的状况，羽浦突然不在了，很不容易吧，我挺担心你们的。"

河都望着无人的办公桌，悲伤地垂下了眼睛。

"我本想早点过来，但怎么都抽不出时间，不过看到各位都很精神，总算是放心了。"

为了避免气氛变僵，河都的脸上堆满了笑容。

"另外，我想亲自报告一下已决定正式播出的整蛊节目，毕竟我也是策划人之一嘛。"

说完这样的开场白，他便坦白自己就是把星光★宝贝推荐给电视台的人，还有我们的整蛊影像在制作团队中大受好评，因此决定在特别节目中播出。

"节目的社长也非常中意星光★宝贝的表现，据说会用长达两个小时的特别节目来充分展示哦。"

这一次，现场爆发出了热烈的欢呼声。

"马上要在特别节目中亮相了？"

"好棒，太厉害了！"

黛玛与和泉爆发出喜悦之情，互相击了个掌。她们也把掌心对向了我，我轻轻地碰了一下。

河都笑容满面地看着这一幕。

"这次的整蛊节目一旦播出，肯定会产生巨大的反响。很多人都是以这个节目为契机走红的，这将会是你们打入全国市场的最大机会。"

说到这里，他稍作停顿，然后探出身子，摆出一副接下来才是正题的样子。

"有件事情我也想找你们商量一下，能让我帮忙打理组合的活动吗?"

"帮忙?"黛玛眨了眨眼。

"我想为星光★宝贝进军东京做后盾,希望能成为你们扬名于世的助力。"

河都行了个礼。

土井似乎已获悉此事,面无表情地说:

"河都先生作为营销公司的代表,对各路媒体非常熟悉,在你们将来扩大活动规模的过程中,他将成为坚实的后援,各位怎么看?"

"当然是全力赞成!"黛玛举起双手表示赞同,"河都先生要是肯帮忙,那就岂止是如虎添翼了!"

"我也赞成!"和泉也笑着点头,"关西圈的组合要如何进军东京一直是最大的挑战,要是河都先生肯给予支持的话,那真是要谢天谢地了。"

两人叽叽喳喳地欢欣踊跃,我却怎么都高兴不起来。

"你为什么愿意帮忙呢?明明经营公司和制作电视节目就已经忙得不可开交了,为什么有时间帮助我们?"

我的话里不知不觉地带上了棘刺。

黛玛与和泉惊讶地转向了我这边。

我为了不让人觉察出内心的不安,努力装出平静的样子。为什么事到如今还要和我有所牵扯呢?明明已经撇清了关系。

"确实,我没什么闲暇,但还是希望能推你们一把。"

河都微笑着回应道。

"契机就是那个整蛊影像。虽然面对的是假扮的警察,但还是和对方死磕到底的黛玛小姐,拼命阻止她的瑠衣小姐,以及被捕后仍保持着优雅美丽的偶像形象的和泉小姐。

"光是那段视频就足以让我体会到你们三人组的魅力和凝聚力，于是我对星光★宝贝这个组合产生了兴趣。我看了网上所有直播视频和 MV，也大致了解了社交平台上粉丝们的心声。"

"不仅仅是我们的视频，就连粉丝们的社交账号都看了？"

黛玛瞪圆了眼睛。

"那岂不是有很多吗？"

和泉关切地问道。数量确实非常多，即便是在某黑叉平台上粉丝最少的我，也有上千个关注者。

"因为这个最近睡觉的时间都不够了。今天早上的新闻节目也差点迟到。"

河都不好意思地撩起了头发，他的眼睛下面有着淡淡的黑眼圈。

"但是我也没有白白少睡，我找到了星光★宝贝这块顶级原石。然后我就有了一个强烈的想法，想让更多人认识你们，将你们的魅力传递出去，所以我现在才会出现在这里。"

他夹杂着肢体语言，夸张地对我们宣讲着。

"好久没体会到这样的心情了。我体会到了十四岁那年第一次进乐队演奏的兴奋。或许是沉眠心中的原始冲动被激发了吧，你们拥有这样的力量。

"因为工作的缘故，我见过很多优秀的艺人，但从未有过如此震撼的感受。星光★宝贝才是最适合登上偶像巅峰的组合。我确信让世界了解你们是我的责任，不，是我的使命。"

河都仿佛真的回到了十四岁一样，变得饶舌而充满活力。

黛玛与和泉讶异地看着河都。或许是因为他在电视之类的媒体上通常语调沉稳，所以才会大感意外吧。但此刻的河都才是他的本质。一旦他全身心地投入某事时，就会像大男孩一样天真而放肆。

土井则一门心思地听着河都的发言，一边认真点头，一边做着笔记。这还是我头一次见到这位素来波澜不惊的经纪人表现出如此积极的态度。

难不成是为组合面临一飞冲天的机会而感到雀跃吗？不对吧，我不认为土井会对我们投入如此多的感情。

一定是因为河都的口才吧。这个年纪轻轻就建立了日本国内屈指可数的独角兽企业的男人，所说的话势必拥有极大的吸引力和感染力。

足足十几分钟，河都都在热情宣讲着星光★宝贝的魅力，当他似乎意识到自己一直在唱独角戏时，便蓦然正了正身子。

"……好像说得有些得意忘形了，我想支持星光★宝贝活动的理由就是这个。瑠衣，你意下如何？"

河都用无比认真的眼神看着我，黛玛与和泉则投来了担心的目光，这样的机会恐怕永世都不会再有了，她们无声地恳求着我的同意。

在这种状况下，出言反对是根本不可能的，这有可能会招来两人的反感。

"明白了，请多指教。"

我行了个礼，黛玛与和泉如释重负地对视了一眼。

"既然成员们都同意了，"土井说道，"河都先生，请多指教。"

"也请各位多多关照。"

河都对我们深深地鞠了一躬，然后看了一眼他的百达翡丽手表。

"我还有其他安排，今天就告辞了。有关组合的将来，就放到明天的四周年纪念演唱会后再讨论吧。为了进军东京，我已经想了好几个和媒体联动的企划。"

他一字一板的样子已不再是那个十四岁少年，而是一副业内顶尖营销商的面孔。

河都站起身来，再度行了个礼。

"既然要做就要全力以赴，我绝不会让你们后悔的。"

他以求婚般的认真态度向我们宣告道，随即离开了事务所。

＊

"彻彻底底的时来运转啊。"

事务所的会议结束后，我们刚进电梯，黛玛就大呼快哉。

"要是有河都先生在，能抵得上百人之力啊。"

"是呀，"和泉的脸因兴奋而涨得通红，"河都先生可是上过经济杂志的企业家呢。连我的大学教授都夸他是营销天才。"

虽说在公众面前的印象是评论家，但河都的本职工作是市场营销。作为这行的专家，他深谙如何将不为人知的事物推广到世界各地。在他的推广下风靡起来的商品和人物数不胜数。

对于正欲进军全国市场的星光★宝贝而言，河都无疑是最强的助力。

"说起来，河都先生比在电视上看到的还要帅呢。"

"是啊，简直就是令和时代的朴叙俊。"

两人在狭小的电梯里兴高采烈地闲聊着。

"令和时代的朴叙俊就是朴叙俊本人吧。"

我小声嘀咕了一句，两人同时一愣。

"怎么了，瑠衣，为什么无精打采的?"黛玛问我。

"没什么。"

"你讨厌河都先生吗?"和泉不安地问道。

"也算不上讨厌。"

"哦，好像有什么不可告人的内幕呢。"

黛玛探头看向我的脸，她的眼神中充满了好奇心。

她大概以为我之所以对河都的提议面露难色，是因为我们曾有过什么恋爱关系吧。

我假装没看到两人的视线，快步走出了电梯口。

当我走出公寓楼时，看到一辆漆黑的轿车停在公寓前方，那是一辆充满特色的老爷车，有着超过五米的巨大车身。

"哇，好厉害的车啊。"和泉说。

"比水族馆的鲸鲨还大呢，"黛玛的声音在门厅里回响，"这是什么车来着？"

凯迪拉克爱都。

虽说对车知之甚少，但我认识那辆车。关于车主自然也心中有数。我认识一个人，他特别钟爱这种仿佛从半世纪前的美国穿越过来的老爷车。

我们刚走出公寓，车门就打开了。

"开会辛苦了。"

自驾驶座现身的人果然是河都。

"啊，河都先生，你怎么会在这里？""不是说有安排吗？"

黛玛与和泉凑到了车边。

"事情已经办妥了，我去取拜托给大阪的维修厂修理的车。"

河都把手按在了引擎盖上。

"交付时间比预定要早，我想各位应该还在，所以就回到了事务所。"

我知道他是想让我们见识见识自己引以为傲的漂亮爱车。

黛玛与和泉环视着轿车，好似在鉴赏一件高深的艺术品。

"真是好有气势的车啊,看起来像一枚火箭。"

"停车场应该不好找吧。"

虽说听起来不像称赞,但河都还是满足地点了点头。

"不介意的话,我可以开车捎你们三个。"

"真的可以吗?"和泉问。

"当然了,不用客气。"

河都兴冲冲地把手伸向车门,看来他也想亲身体验一把。

"那我上车了。"和泉正待上车,黛玛拦下了她:"对不起,我们就不用了。我和和泉有个地方要去。"

她的语气仿佛在宣读剧本。

"咦,什么地方?我怎么……"

黛玛对错愕的和泉耳语了几句,和泉突然瞪大眼睛,把嘴巴张成了"啊"的形状。

"啊,对对,我都忘了还有个地方要去了,"和泉游移着目光拍了拍手,"完全把这事忘啦。"

"真是的,忘性好大,认真一点嘛!"

在这番文化祭话剧般生硬的对话之后——

"那就麻烦您把瑠衣捎回去啦。"

两人推着我的后背,强硬地让我站在了河都跟前。

"等等,你们两个——"

我喊了出来,不过对方根本听不进去,而是接着说道:

"别管我们啦,你们慢慢聊。"

"对对,瑠衣之后应该没什么安排了。"

黛玛与和泉以只让我看到的角度眨了眨眼,像是在说舞台已经准备完毕。

还没等我回过神来，她们留下一句"辛苦您了"，随即快步离开了现场。

我目送着她们逐渐变小的背影。

"两人都得上表演课呢。"

河都面露苦笑。

*

冰凉的座椅边回荡着引擎的轰鸣，车内飘荡着淡淡的柑橘香气，车载收音机里传出了八十年代的西洋音乐。

一切都是如此怀旧，好似唯有这里的时间停滞了一般，车内的一切还维持着当年的风貌。

我靠在副驾驶座的窗边，单手托腮，目光向左边偏去。

河都一言不发地握着方向盘，他那眉头微皱的侧脸，看起来既认真严肃，又带着一抹哀愁，和那时的他简直一模一样。

突然间，我的内心传来了一阵刺痛。

彼时正值青春年少的我，曾屡次偷看河都开车的侧脸，心中充满了渴望。像这样极为强烈地向往某人，此生仅有一次。明知那是不正当的恋情，却无法克制自己。

"怎么了？"

河都抚摸着凯迪拉克的方向盘问我。

"什么怎么了？"

"因为你在笑哦。"

"哦，"我看着映照在窗玻璃上的自己，脸颊确实有些松弛，"一点都没变啊，总觉得有些好笑。"

"是啊，为了尽量维持出厂时的状态，所以对零件的细节也进行了考究的修理。还配备了电气系统，所以车顶的篷布也能收起来了，想不想试试敞篷车呢?"

河都兴冲冲地指着车顶,这个时候,我的脸颊已经放松到了我自己也能感觉到的程度。

"你怎么又笑了?"

"没什么。"

我摇了摇头,换了个话题。

"比起那个,你是认真的吗?"

"什么?"

"支持我们偶像工作的事情,你是认真的吗?"

"当然是认真的了。你们都具备站上偶像巅峰的资格,我很乐意帮你们一把。还有就是出于个人的喜好吧。"

"喜好?"

"我喜欢努力奋斗的人。你们在舞台上日复一日地演出,演出结束后还要被强塞不情愿的招待,面对这么多困境,遍尝了世间的苦涩,哪怕做到这个地步,仍在被没有回报的现实所打击。我喜欢即便如此也在努力奋斗的人,所以才想支持星光★宝贝。"

凯迪拉克在红灯跟前停了下来。

"最重要的是,瑠衣在这个组合里。"

听到他轻描淡写说出这话,我差点就当真了。

"别说笑了。"

我一边说,一边盯着河都左手无名指上的戒指。

河都苦恼地垂下了眉梢。

"稍微绕个远路吧。"

他把车拐入了信号灯刚变绿的路口。

"绕路去哪儿?"

"边开边决定吧。"

"你有那么闲吗？"

"今天没事，稍微陪陪我吧。"

河都默默地操纵着方向盘。

我倚在座位上，看向了他的侧脸。

胸口传来一阵刺痛。

从上车开始，我就一直在思考。

为什么事到如今他还要接近我？要怎样才能把关系彻底撇清。

我没有找到答案。

＊

河都停车的地方是舞洲，那是大阪市内的人工岛，以举办大型音乐节而闻名。

此刻正值冬日傍晚，周遭显得格外冷清，强劲的海风持续不断地吹向这里。

河都伸了个懒腰，任由强风吹乱头发。

"好舒服的海风。"

"冷死了。"

我按住了飞扬的大衣下摆，二月中旬的寒风丝毫没有清凉的感觉。

"冬天的海也很有情调，不是挺好的吗？"

"那你为什么边说边抖？"

"先走走吧，把身体暖和一下。"

在河都的催促下，我踏上了顺着海岸线延伸的木板游步道。

夕阳在水面上拖曳出一道光线，缓缓沉入地平线之底，天空染上了蓝与橙的渐变色。

"真是美丽的景色啊，"喧哗的涛声中夹杂着河都的低语，"瑠衣很喜欢冬日的傍晚吧。"

"你是怎么知道的?"

"之前你不是说过吗?"

"之前?"

那是四年多前的事了，河都特地选择绕到这里，是因为他还记得多年前那些琐碎的对话吗?

我将面孔转向别处，生怕被他看到我的表情。

"从这里可以一览整个城市呢。"

河都凭栏凝望着。

"能望见事务所吗?"

"那应该不行吧。"

我也倚在栏杆上，两人并肩眺望着海面彼端的市区。

"变了啊。"河都喃喃地说。

"城市吗?"

"不，是瑠衣哦。这一个月来变化很大，和上次见面的时候完全不同了。"

"是吗?"

"是的哦，"河都看向了我的眼睛，"眼睛深处的光变得更坚毅了。温和而干练，这是怀抱着觉悟的人才有的脸呢。"

"我也不知道是不是算抱有觉悟了，但必须努力才行啊。在羽浦先生回来之前，我们必须自己想办法。"

我流利地说出了这话，可能是因为长期说谎的缘故吧，最近的我甚至产生了羽浦真的只是离家出走的错觉。

"真的变化很大啊，在晚餐会上见到瑠衣的时候，还以为你已经

185

打算放弃偶像之路了呢。我很担心，也觉得对不起你。"

"所以你才和电视台交涉，帮我们谋得了工作？"

"是啊，毕竟劝你走上偶像之路的人是我。"

——我在大学的学弟要搞个偶像组合，你要不要去试试呢，在大阪这个和过去绝缘的土地上当偶像如何？

他是这样建议我的。

河都满怀热情地说这位学弟是优秀的社长，瑠衣有成为偶像的潜质，很明显，他是打算结束我俩的关系。

我按照他的建议参加并通过了试镜，就这样离开了东京。

"看来是我多管闲事了，就算不安排电视台的工作，瑠衣似乎也没有结束偶像之路的打算。"

我轻轻点了点头。

"一个月前我真打算不干了，连辞职的日子都定好了。可黛玛与和泉说还想三个人一起表演。"

"这样啊，是那些孩子让瑠衣改变了主意吗？"

河都温柔地笑了笑，低声说了句"有点嫉妒呢"。

对话就此中断。

我们静静地欣赏着夕阳西下的美景。

太阳缓缓落下，天空的湛蓝色逐渐加深。

呼出的气息化作了白色，凛冽的空气冻透了身体，黄昏的气温进一步下降。

"该走了吧。"

我担心身体着凉，影响明天的演出，正欲转身离开。

就在此刻——

"羽浦在山里被找到了哦。"

186

眼前的景色剧烈摇晃，脑海中一片空白，甚至连寒冷都无法感知。

我哑然失语，唯有转过头去面向了他。

"——果然是这样啊。"

河都的脸因悲痛而扭曲，我愈加错愕。

"啊，什么意思，你说羽浦先生被找到了吗?"

我将错就错，急切地摇晃着河都的肩膀。

"是骗你的。"

"啊?"

"骗你的，羽浦并没有被找到。"

我这才意识到自己被套话了，同时自己也犯下了失态的错误。

"你果然和羽浦的失踪有关啊。"

他毫无征兆地直指核心。

"什么意思? 我听不懂。"尽管已经心乱如麻，我还是尽量装出一副若无其事的样子。

"不懂也没事，刚才的反应就是最好的证据。"河都开导似的说道。

"我只是因为听你说羽浦先生在山里被找到了，所以吓了一跳而已。突然听到这种性质恶劣的玩笑，谁都会吓到的吧。"

"我已经调查过了哦，委托私人调查所做的。"

我不禁悚然，河都也委托了私人调查所吗? 那肯定是聘用了退休警察的大型调查所吧。如果真是这样，那就——

"一个月前，也就是招待会的当晚，你在事务所附近的租车店里租了一辆车，对吧? 是一辆大型面包车。"

啊啊，完了。

"我查了瑠衣租借的车辆的 GPS 记录。"

暴露了。

"车去了山上吧？确切地说，是和泉小姐祖父的私有林。"

我们的秘密即将暴露。

最后的防波堤轰然倒塌，已再无抵赖的可能。

——结束了。

我长长地吐了一口气。

既有罪行终于暴露的悲观，也有种早知难免的达观。

"你是从什么时候开始怀疑我的？得知羽浦失踪的时候？"

"是啊，我是疑心与你有关，但这只是一点小小的怀疑，直到拍摄电视节目的时候，我才确信。"

就是那个假逮捕的影像吗？

"那边说拍到非常震撼的整蛊画面，所以我就在电视台看了你们的影像，的确很震撼，倒不如说太过了，实在太逼真了。这样一来我就确信了，不仅是你，这个组合的所有成员都与羽浦的失踪有关。"

河都的嘴唇振颤不休，一定不是因为冷吧。

"告诉我，羽浦已经死了吗？"

我不禁低眉不语，沉默是最好的肯定。

"这是我所能设想的最坏结局……"

河都用双手遮住了脸，肩膀微微发颤。

我只能怔怔地站着。

不多时，河都抬起头来，用手指抹干了眼角的泪水。

"回车上吧。"

"要去报警吗？"

河都无力地摇了摇头。

"该怎么做由你们判断，和你的成员们商量一下今后要怎么办吧。"

河都开始行走，我默默地跟在后面。

彻骨的寒风吹来。

在落日之际，太阳发出黯淡的余晖，随即完全沉了下去。

*

我在门口做了个深呼吸，随即按响了和泉家的对讲机。

门开了，两人从里边探出头来。

"欢迎回来。"和泉神采奕奕地说道。

"跟河都先生开车兜风感觉如何?"黛玛咧嘴一笑。

"挺开心的。"

我爽快地应了一句，随即进了和泉的家。

"你跟河都先生都谈了什么呢?"和泉斜眼窥探着我的表情。

"工作之类的，很多事情。"

黛玛把"很多事情究竟指的是什么事情"写在了脸上，一副要刨根究底的样子。

我避开了两人天真的搭话。

"那个——"我将装满酒的购物袋放在餐桌上，"不喝点吗?"

"哦，好好，喝喝喝。"

"是演唱会前的动员会吧。"

我们各自拿着一罐啤酒，就这样干了杯。

动员会气氛热烈，我从便利店买来的酒不到一小时就被喝光了，之后我们找到了和泉父亲藏在自己房间的高级红酒，于是酒宴继续。

"别喝太多了哦，明天还有演唱会呢。"

黛玛一边说着，一边喝干了杯里的红酒。目光呆滞，神情也有几分可笑。

"最危险的明明是黛玛吧，都醉成这样了。"

和泉拍手大笑，她脸上的红晕已浓过了红酒。

两人都有些上头了，开始热火朝天地讨论着武道馆演唱会的歌单该怎么排，巨蛋巡演将从哪个城市开始之类的宏图大志。

虽说净是些八字没一撇的如意算盘，但心情也是可以理解的。有了河都这个后盾，将来是有可能成为令武道馆和巨蛋座无虚席的偶像的。直到数小时前，这样的未来仍然可期。

为了不给雀跃的黛玛与和泉泼冷水，我安静地举杯。

"这么说来，我们三个一起喝酒还是头一遭吧。"

黛玛摇头晃脑地说。

"真的耶，"和泉满面通红地附和道，"就在不久前，我连想都不敢想呢。我真的很不擅长应对黛玛。"

"喂，你这也太直白了吧。"

"因为黛玛很可怕嘛，动不动就对我说教。"

"我是挺讨厌和泉来着，不过你也好不到哪里去吧，总是在我面前战战兢兢的，连眼神都不敢对上，我还疑心你把我当成美杜莎了呢。"

黛玛与和泉愉快地聊着本会引发争吵的话题，不知听谁说过，真正的朋友应该是互相说出对方讨厌的地方后仍能欢笑共饮的人。

我情不自禁地呼出了一口暖气。

"喂，我有件事想要问问大家。"

我向情绪高涨的两人出言询问。

"你们为什么要成为偶像呢？"

"怎么突然问这个？""练习访谈节目？"

黛玛与和泉歪过了头。

"从来没听你们说过，有点在意。"

我感觉要是现在不问，可能就再也听不到了。

"这么说来，我们确实还没好好聊过这个，那么就由我先开始吧。"

黛玛举起了手。

"我成为偶像的理由嘛，也没啥特别的，就是想改变自己吧。"

她的眼神就似回顾过去一般遥远。

"我直到初中都很内向，去学校一句话都不说是家常便饭，一天到晚在课桌上装睡。岂止是不起眼，简直是根本被人瞧不见的毫无存在感的孩子。"

"这是黛玛？"我情不自禁地问道，这和如今开朗饶舌的她太过背离，简直让人难以想象。

"看你平时这么能说，我还以为是从嘴里生出来的呢。"和泉似乎持有相同意见。

"怎么可能，我是倒产，倒不如说是从脚生出来的。"

黛玛以说笑的口吻回应道。

"我想改变这样极端内向的自己，就在初中毕业的同时参加了星光★宝贝的试镜，结果幸运地通过了，就这样成了偶像。为此我还和家人大吵了一架，被扫地出门。但我一点都不后悔。之前还十分不愿回忆初中时期的事，不过最近总算释然了。

"当时暗无天日的生活成了我站在舞台上的契机。或许正是因为熟悉黑暗，才能给别人带去光明吧——不好，喝过头了，说了不少惹人嫌的话。"

她有些慌乱地结束了话题。

"好，接下来是和泉咯，你可是我们的 C 位哦，一定会有更感人的故事吧？"

"真是的，别给我提高难度了。"

和泉苦笑着说道。

"我成为偶像的理由，是因为看了瑠衣和黛玛的演唱会。"

"我们的？"

"是呢，你们也知道我是在难波玩的时候被羽浦先生挖来的吧？当时我还参观了你们的演唱会。"

还有这种事吗？我只知道她被羽浦当街招募的事，黛玛也讶异地瞪大了眼睛。

"当我进了演出现场，瑠衣和黛玛正站在舞台上，当时你们俩的表现给下了深刻的印象。瑠衣很酷，而黛玛的表演则充满了激情。你俩的温差，或者是那种不平衡的感觉让我觉得非常有趣。"

那是组合只剩我和黛玛两人时的演唱会，彼时正处于组合成员们纷纷离去的紧急状态，我们几乎是以自暴自弃的状态登台演出，大多数观众并不买账，但似乎也有人给予了好评，这个人现在就在我面前。

"在那之前我从没想过要当偶像，但我想在这个组合里试试，于是我就加入了星光★宝贝。"

和泉略带羞涩地结束了话题。

"我都不知道，"黛玛轻声说道，"你从来没说过这件事。"

"太羞人了。再说了，初次见面的时候，黛玛根本就不听我说话。"

从一开始，黛玛就对和泉采取敌视的态度。在她看来，在加入之际就站上组合 C 位的和泉是夺走自己位置的篡夺者，根本没想过和泉是被自己吸引才加入的。

"……对不起。"黛玛轻声补充了一句。

"没什么，终于有机会能告诉你们两个，真是太好了。"

和泉含着笑说道，随后转向了我。

"最后轮到瑠衣了。"

"我也很在意瑠衣当偶像的理由，毕竟是唯一的初代成员嘛。"

在两人期待的眼神中，我回答道：

"在东京打工的时候，店里的客人推荐我去试镜。"

我并没有透露推荐我的人就是河都。

"嗯嗯。""然后呢？"

她们饶有兴致地催促我往下继续说。

"没，没有然后了。"

一瞬的寂静过后。"怎么说呢？""好直接啊。"和泉与黛玛苦笑着
说道。

她们大概对我这般没有明确动机就开始当偶像的人感到失望吧。
毫无自身意志，随波逐流，我就是这样生活至今的。

没有什么特别的理由，我一直在漂流，在成为共犯之前，在羽浦
消失以前，我就一直在漂流。从未抵达过任何地方，一直漂流着。

一阵沉默突然降临，我们安静地喝着酒，唯有杯中的红酒在不断
减少。

黛玛与和泉偶尔会互换目光，大概是有什么想问的吧。从弥漫在
两人间的气氛中可以窥知这点。

"那个，瑠衣，"和泉率先开了口，"可以再问你一个问题吗？"

"问吧。"

我稍稍正了正身子，从她的声调中，可以窥见那并不是什么愉快

的话题。

"你上次在澡堂里说的那件事是真的吗？就是那个，瑠衣以前……杀过人的事情。"

和泉放下了手中的酒杯，就这样凝视着我。黛玛也投来了严肃的目光。

她俩一直很在意吧。当时只是我单方面告知了她们事实，并没有附加解释。

"是真的哦，我杀过人。"

我简单地承认了。

她们的表情顿时笼罩了一层阴霾。

"……为什么？是谁？"

"和泉，别再问了。"黛玛打断了她。

"可是……"

"没关系，"我说，"我会全部说出来的。"

我也想说给你们两个听听。

说来话长——我以这句话为开场白，随即揭开了那段从未和任何人分享过的记忆。

我打开了头脑深处的门扉，回顾用菜刀指着父亲的那一天——

*

被亲生女儿用菜刀指着的父亲顿时狼狈不堪，慌乱到几乎说不出话。那副惊恐万状的样子根本不像是用暴力统治家庭的人，反倒显得有点可怜。

但我丝毫没有怜悯之意。

我仰着头，紧握着菜刀。背后是被父亲摧残得失去意识的母亲和妹妹。

竟然对妹妹也动了手，不能原谅。

我紧握着菜刀刀柄，步步向他逼近。

就在这时，父亲发出了既像咆哮又似惨叫的巨大声响，然后落荒而逃。他径直冲出玄关，跳上停在车库里的车绝尘而去。

引擎声逐渐远去，威胁消失了。

我立刻打电话叫来了救护车，母亲和妹妹在医院接受治疗后身体并无大碍，当天就回了家。

正当我为家人的平安松了口气时，电话响了，是警察打来的。警察向我告知了父亲死于交通事故的事情。

据说是开车撞上了电线杆，汽车严重损坏，父亲当场身亡。

由于从遗体中检测出了超过法定标准的酒精含量，因此被认定为酒后驾车引发了交通事故。

事故现场并无任何刹车痕迹。我并不认为是酒精的缘故，父亲还没有醉到无法驾车的地步，逃跑时的步伐也很稳健。

造成这一切的原因无疑是我。

面对亲生女儿的强烈杀意，父亲丧失了理智，没意识到自己的失控，或者是故意撞上了电线杆。

有关父亲离家前究竟发生了什么，我没有告诉家人，也不曾告诉警察。

虽说内心受到了罪恶感的谴责，但威胁家人的存在消失后带来的安心感更加强烈。

我的家终于迎来了平静，这是不惜一切代价换来的平静。无论发生什么，我都会将之守护到底。

我决意支持母亲，保护妹妹，以孩童之身下定了决心。

接下来的生活平安无事。

母亲从独栋房子搬进了公寓，开始外出工作。虽说每天都很忙碌，但相比之前，她的精神状态已大为改观。

我代替经常外出工作的母亲包揽了所有家务，妹妹也总是跟在身后帮忙。

日子过得辛苦，但也十分充实。不必被暴力和怒吼所恐吓的生活令我的身心得到了安宁。最让我高兴的是妹妹也恢复了活力。每当看到她天真无邪的笑容，我都感到无法形容的喜悦。

过着这般朴素而满足的生活，我非常幸福。

本以为这样的幸福会一直持续下去。

可我大错特错了。

那是冬日的一天，当我从小学放学回家的时候，刚刚结束夜班的母亲和妹妹正在被窝里睡觉，她们抱在一起发出沉眠的鼾声，这是熟悉的景象。

通常情况下，这时我会去做家务，尽量不发出声音吵到她们。但那天我准备再度出门，因为我和班上的同学相约玩耍。母亲昨晚也嘱咐过我，今天就不用做家务了，尽情去玩吧。

可不做任何事情就出门玩耍总觉得有些过意不去，于是我便把阳台上晾着的衣服收进家里，然后准备出门。

就在这时，我听到了妹妹的咳嗽声，这么说来，早间新闻里确实提到过今天是一年中最冷的一天，要是感冒可就糟了。

于是我回到房间，打开了暖炉，这下就没问题了吧。我望了一眼母亲和妹妹酣眠的睡脸，就这样离开了家。

之后，我在朋友家一直玩到傍晚。

回家的路上，几辆消防车鸣着刺耳的警笛从身边疾驰而过，朝着消防车驶向的地方望去，可以看到滚滚浓烟。

起火了吗？与此同时，身上传来一阵战栗。

——就在我家附近。

走路的速度逐渐加快，之后变成小跑，又变成全力疾跑，我气喘吁吁地追赶着消防车。

当我终于追上消防车时，不禁瘫倒在了路上。

目力所及之处，自家公寓正在燃烧，喷吐黑烟腾起火柱的位置正是——

之后的记忆非常模糊，直到如今仍想不起来。

公寓火灾致母女二人身亡。

翌日的报纸上应该刊载了这样的报道。

火灾的原因是暖炉，暖炉引燃了衣服，导致公寓的一间房被彻底烧毁，睡得正沉的母亲和妹妹还没来得及呼救就葬身火海。

是我打开了暖炉，还把晒好的衣服放在暖炉旁边。我根本没意识到这有多危险就离开了家。就在母亲和妹妹被火焰吞噬的同时，我却在朋友家嬉戏打闹，玩着游戏。

这是惩罚。

是对我逼死父亲的惩罚。

定罪的业火烧死的并不是我，而是母亲和妹妹。

那个时候，我觉得心中的某物被撕裂开来，从身上剥落，并永远消失了。

我至今仍不知晓那是什么，也不知该如何找回失去的那部分。

我想我一辈子都不可能明白了。

失去亲人的我被母亲的亲戚所收养。然而，在亲戚家中，我始终找不到自己的归宿，他们嫌恶并疏远我。

看着陌生房子的天花板，我一直在苦苦思索。

是哪里出错了？我该怎样才能和家人继续在一起？

要是我没有打开暖炉，要是我没有把晒好的衣服收进家里的话……

太晚了，就算得出了正确的答案又有何用？

母亲不在了，妹妹也不会再笑了。

这是我唯一能确定的，这就是全部。

我会慢慢失去一切。

从天真的笑容到最后的睡脸，全都连根拔起。

在我的余生中，我拥有的一切都会像活生生地撕下一层皮肤般慢慢被毁掉。

对杀害了家人的自己来说，这大抵是应得的下场。

*

道出过去的一切后，我闭上了眼睛。无以言说的思绪盘桓在心头。待其平息之后，我再度睁开了眼睛。

在那一瞬间，我感到有些错愕。

和泉和黛玛都在哭，眼泪簌簌地掉了下来。

此情此景，竟让我感到了一丝怀念。

倘若妹妹还活着，今年就该十九岁了，恰与她们同龄。

"你们为什么哭呢？"

我不自觉地流露出好似哄小孩的语气。

和泉吸着鼻涕说：

"……因为瑠衣在哭。"

我赶紧摸了摸眼角，那里异常干燥。

"我没哭。"

"哭了，"黛玛带着鼻音说，"只不过没流眼泪，瑠衣一直在哭。"

"哪有——"

我举起酒杯，将涌到喉头的心之残渣就着红酒一饮而尽，不知道该摆出什么样的表情，便将目光投向了自己放在桌子上的手。

和泉与黛玛一起将她们的手盖在了我的手上。

"瑠衣不是一个人，还有我们哦。"

"我们是分不开的，是生死与共的伙伴。"

我目不转睛地盯着两人，只觉得一股暖风流进了心中的空洞。

"谢谢。"

我能说的唯有这些。

我们的手就这样重叠了一段时间。

虽然没有交流，但似乎能从彼此手掌的温度中感知到远胜言语之物。

没多久，酒宴结束了。

黛玛与和泉睡倒在了客厅的沙发上。

我为酣眠中的两人盖上毯子，注视着她们的睡脸。我替黛玛拭去了她嘴角流下的口水，帮和泉拂开了脸上的刘海。

"我出去一下。"

我呢喃着站了起来。

走出家门后，我用手机拨出了电话。

"喂。"

尽管时值深夜，河都还是只响一声就立即接起了电话。

我静静地对他说：

"我想现在见你一面。"

*

河都指定的地方是位于郊区的废弃工厂。

那是伫立于暗夜中的大仓库，周围没有民居，也没有路灯。

一辆老爷车就停在这个似被世人遗忘的场所。

凯迪拉克爱都，正是河都的爱车。

看来是这里没错了，我穿过禁止进入的锁链，走进了场地。

我穿过砂石路，站在了仓库跟前，卷帘门打开的瞬间，耀眼的光倾泻出来。

仓库内部另有天地，与自外观联想到的景象截然不同。

宽敞的空间里设有吧台，而在仓库深处，还有个长度超过十米的庞然大物——一条用钢丝拼成的鱼，是鲨鱼。

"嘿，瑠衣，我等你很久了哦。"

河都自吧台的凳子上站起身来。

"不好意思，把你叫到了这种地方。"

他的声音异常沉稳，沉稳得好似傍晚的交流从未发生似的。

我四下打量着仓库。

"好厉害的地方啊。"

"我买下这座仓库后全面改造过了。这可是连公司的人和我的家人都不知道的私人别墅哦。在这里喝喝酒，一门心思地搞创作，心情也会变好。"

"这么说来，那个钢丝鲨鱼也是……"

我指向了那边的庞然大物。

"嗯，是我做的，"河都赧然地笑了笑，"我的钢丝艺术怎么都进步不了。"

我又观察了一下周围。

"与其说是别墅，倒更像是秘密基地。"

周围一带人迹罕至，是个无人知晓的所在，正合我意。

我摸了摸夹克的内袋，指尖传来了坚硬的触感。这是我的王牌，迫不得已之际，我会毫不犹豫地用出来。

"哦，那双高跟鞋……"河都留意到我的脚下，脸颊蓦地松弛了下来，"你还留着吗？"

"嗯。"

我低头看着脚上的鞋子，那是一双鞋跟超过十厘米的高跟鞋，特色是鲜红色的鞋底。这是同居时河都送我的礼物，时隔四年，我第一次穿上了它。

"坐吧，我有好酒，波本威士忌哦。"

在他的示意下，我坐在了吧台的高脚圆凳上。

河都慢悠悠地品味着他的波本威士忌，我也喝了口倒给我的酒，浓烈的酒精直透鼻腔，灼烧喉咙。

"在进入正题之前，能先告诉我事情经过吗？"

河都倒了第二杯酒。

"羽浦是我的好友，我想听听，他为什么非死不可？"

"好吧。"我点了点头，将一切和盘托出。

羽浦经常对恋人和泉拳脚相向，事发当晚的暴力尤为严重，感到生命受到威胁的和泉扼死了羽浦，我和黛玛帮忙把羽浦的尸体埋在了山里——我毫无保留地向他坦白了一切。

"这样啊，"河都双手捂脸，深深地叹了口气，"那么，你决定好接下来该怎么做了吗？"

"嗯，"我独断地应承下来，将酒杯放在了吧台上，"我不想惊动警察，所以希望你保持沉默。"

"你是要我别把羽浦尸体埋在山上的事告诉任何人？"

"对。"

连羽浦的埋尸位置都暴露了，事到如今，再实施转移尸体的伎俩是无济于事的。我唯有请求他别把秘密说出去。

只因别人的恳求而爽快地放过罪犯的人应该是不存在的吧，彼时的对策就藏在我前胸的口袋里。

"也就是说，你要我也成为共犯。"

河都的目光清澈得似能看穿一切。

虽说下意识地想要挪开视线，但我仍勉力直视着他，这里不能露怯。

"好啊，我帮你，我不会把这事告诉任何人。"

河都以接受街头调查般的轻松口吻应承了下来，甘愿冒着失去辉煌事业乃至毁掉人生的风险答应了我。

但我并不惊讶，倒不如说恰在预料之中，河都理应会答应下来。

重要的内容自此开始。

"合作的条件呢？"

"反应挺快嘛，"河都嘴角上扬，"想拜托你做以前那样的工作，就是招待大人物。"

"你还在干那行啊。"

"生意太好了，简直让人挠破头皮呢。"他苦笑着说道。

河都的副业似乎至今仍生意兴隆，他很早以前就在为政商界的大人物介绍年轻女性。

河都通过女性与有权有势的人建立关系，或者抓住他们的把柄实施威吓，借此壮大了自己的事业。

河都不仅是企业家，更是一流的皮条客。他搜罗了很多口风紧且顺从的女性。

我也是其中之一，当年在东京做夜总会女郎的时候，河都就替我介绍了更赚钱的活，让我去陪男人们。

我并非爱财，能帮到河都令我非常高兴，被他需要是我活下去的动力。彼时我涉世未深，还是个无可救药的傻女人。

又得做那种事了吗，光是想想就觉得恶心。

但我别无选择，这是掩盖凶案所必需的代价。

"明白了，我会做的。"

"太好了，客户也会很高兴吧。瑠衣还有很多铁杆粉丝呢，大家都说你是最听话的那个。"

河都笑嘻嘻地说。

"另外两人也会受欢迎的吧。"

"等等，"我的腋下开始渗出粘腻的汗水，"另外两人指的是谁？"

"就是黛玛小姐与和泉小姐哦，她们也要去陪客人。"

我哑然失语，黛玛与和泉的面孔在脑海中闪现，她们将承受赤裸裸的欲望，被发泄，被玩弄。

"不行，她们不行，那种事只能让我一个人做。"

"我这边也要承担相当大的风险呢，只靠瑠衣一人是平衡不了的哦。"

"可是决不能把她们也卷进来，她们两个没有做这种事的经验，而且年纪才十九岁啊，做不到的。"

"瑠衣不是从十七岁开始就做了嘛。那两个人能行的，只要搞清楚自身所处的状况就能下定决心了。"

是要把她们逼到不得不做的地步吧，一股厌恶之情涌上心头。

"我能理解瑠衣的感受，我也很难过，"他用宽慰似的口气说道，"从学生时代起就有交情的后辈死了，还拜托你们做这种残酷的工作，我也很痛苦。"

这是谎言，无论是羽浦的死，还是我们的罪，对他而言终究与己无关吧。河都的本质就像少年那样放荡不羁，冷酷无情。

当时的我并未发现他性格的本质，抑或是故意挪开视线，不愿觉察。现如今，我已然洞悉了一切。

河都是为了达到目的不惜支配他人，将人视作物品的人。

因此我才不愿与他打交道，试图与之撇清关系。

但我失败了。现在的我明明已经觉察到了他性格的本质，却没能妥善处理好他的事。之所以造成如此事态，全都是因为我的失误。

"求你了，别对黛玛与和泉下手。"

我只求她们不被践踏，不被荼毒。为此我什么都愿意做。

"她们的份也由我来做，我会做三人份，不对，六人份的工作。"

"六人份？你肯定会崩溃的。"

"我不会。"

我决不能崩溃，要是我倒下了，她们该怎么办？

"你真的这么想保护那些孩子吗？瑠衣，你真的变了呢。"

河都温柔地眯起了眼睛。

"那样的话我就更不能答应了，工作可不能都交给你一个人。"

"六人份还不够吗？"

"不，六人份的工作也好，十人份的工作也好，不管瑠衣承担了多少，那两个人也必须做。"

"为什么？"

"之前说过了吧，我喜欢努力奋斗的人，特别是瑠衣这样为了珍视的东西而拼命的人。"

然后，他接着说：

"我最喜欢努力的人溺入水中的样子。"

我不明白他在说什么，喉咙一阵抽搐，发出呻吟般的声音。

"你是要……"

"当那些你想拼命守护的人被践踏的时候，你会是怎样的表情呢？"

河都露出了洁白的牙齿。

"有什么可笑的？"

"在特等席上观摩不幸，是最好的喜剧哦。"

河都扭曲着嘴，肩膀微颤地笑了起来。

这让我回想起黄昏的海边所见到的场景，当我认罪之际，河都双手捂脸，肩膀微颤，眼中噙着泪水。

可他并非哭泣，当时的河都在笑。

被罪恶摆布的我们可笑至极，他笑得流出了眼泪。

河都之所以当皮条客，恐怕并非为了给公司带来利益，而纯粹出于爱好。

因为他想欣赏那些被消费，被榨取，被磨损殆尽的人。因为他想在特等席上观摩那些溺水求生的人。为了这个，他扭曲了很多人的人生。

河都提出想要支持星光★宝贝的活动，肯定不是被组合的潜力吸引，而是想近距离地观摩我们在罪恶的阴影下挣扎度日的全过程。

突然间，我腾起了一股强烈的惧意。

难道我从未与他撇清过关系吗？我一直都被他玩弄于掌中吗？

"你计划到了什么程度？"

"什么意思？"河都疑惑地皱起了眉头。

"这一切都是你一手策划的吧？"

是河都推荐我走偶像之路，也是河都把我引荐给羽浦的。

"就是你害死了羽浦先生吧?"

"这就太跳脱了哦。我毕竟只是观众,不会去操纵站在舞台上的人。没错,我也想过要是瑠衣加入羽浦一手制作的偶像组合应该会很有趣,但事情发展到这种地步是我全然没预料到的。"

河都饮尽了第二杯波本威士忌。

"不过偶尔也会稍微给点刺激吧。比如上个月的招待之后,给羽浦送了点药之类的。"

药。指的是散落在地上的合成毒品吗?

"那些药是你的?"

"我自己绝不会碰哦。比起药物产生的幻象,睁眼看到的现实更令人愉悦。不过对那些厌世的人来说,这东西应该很有吸引力吧。比如和手下的偶像爆发激烈冲突的社长,大概会很想用吧。"

正是那个药点燃了羽浦与和泉的冲突,在这之后,羽浦丢了性命。

"如果不是你把药给了他,羽浦先生可能现在还活着。"

"真是厉害啊,来自观众席的打赏成了推动剧情的重要道具。"

河都的眼眸里闪烁着毫无感情的漆黑光芒,那副样貌与钢丝做成的凶猛肉食鱼类极端相似。

我看错了。

这家伙是鲨鱼,是让人溺水,让人挣扎,然后啃噬他们的鲨鱼。

不管用什么样的言语,都没法让他接受我的要求吧。

唯有打出最后的王牌了。

我将手伸进前胸口袋,取出里边的东西。

"这是——U 盘?"

"没错,"我将这 32G 的底牌展示给河都,"这个 U 盘里有我之前工作的视频，就是跟你的那些顾客打交道的时候的视频。"

我道出了客户的名字，是新闻里经常出现的财政界的巨鳄。

河都的瞳孔微微张大。

"你怎么会有这种东西？"

"虽然不知道你现在还做不做，但当时的你为了抓住客户的弱点，有时会偷拍那种现场吧。"

斯文全无的狼狈模样正是实施威胁的最好材料。

"为了保险起见，我盗取了你的数据，以防万一。"

事实上，为了维持内心的平衡，手握这些绝不能外泄的数据，会让我觉得自己是唯一能给河都带来伤害的人。对河都而言，我具备如此巨大的影响力——出于这种错乱的想法，我盗取了视频数据。

不久，我就搬去了大阪，因此并没有找到使用它的机会，我原本终此一生也不打算让其重见天日。

而今，我将这把利刃指向了河都。

"如果你打算让黛玛与和泉去做那个，我就告发你所做的一切，来这里之前，我已经把 U 盘里的数据预约投稿到了视频网站上，时间一到，就会自动扩散到全世界。"

"被你算计了，竟然还藏着这种计策。"

河都看了看 U 盘，又看了看我的脸。

"但这样真的好吗？要是这种视频传遍全世界的话，你也会受到重创的吧。"

"是啊，"这将成为侵蚀一生的可憎的数字文身，"但我还是会做。"

"这是拼死的决心吗？"

"只要你保证今后和我们断绝关系，我就停止把视频传播到网上。"

"这样啊。"

河都用修长的手指拂过酒杯边缘，然后点了点头。

"那就没办法了。"

我的视野猝然一阵猛晃，世界颠倒了。

我从凳子上跌落下来，头磕在了水泥地面上。

令人厌恶的闷响响彻了整个头骨。

发生了什么？地震？我试图活动身体，但做不到。

"还是别动比较好哦，应该动不了才对吧。被打中下巴会引发脑震荡的。"

头顶传来了声音，看来是遭到了殴打。

为什么——我只能用呻吟代替言语。

"想散布视频悉听尊便，反正我的顾客大多是特权阶级的人，为了不惹祸上身，他们会拼命掩盖丑闻的吧。嗯，就算没能掩盖成功，那也挺好玩的。这究竟会闹成多大的丑闻呢，从营销的角度看，其实我也挺好奇的。"

他以事不关己的口吻说道。与其说有自信掩盖过去，倒不如说是真的满不在乎。

"但是，不能把你放任不管。"

毫无感情的漆黑眼眸捕捉着我。得逃出去，但我无法站立，只能在地板上匍匐前行。

"都说过别动了。"

伴随着像是踩断枯枝的声音，河都用脚践踏着我的腹部，肺里的空气骤然溢了出来，我在剧痛中窒息。

河都骑在了我痛苦挣扎的身体上，我整个人好似被钳子死死夹住般动弹不得。

河都举起了拳头，下一瞬间，视野中仿佛火花四溅，钝痛贯穿了我的面部。我呕了一口血，地面上滚动着白色的砾石，是牙齿。

他再度挥动拳头，火花和剧痛重现。

耳畔响彻着惨叫，是我的惨叫。我的知觉渐次模糊。

第三次冲击令我的头骨剧烈摇晃。

视野中满是噪点，听不到任何声音。

我的意识在那个拳头再次挥起时戛然而止。

*

醒来的时候我已经被绑着了，双手双脚都被胶带缠绕着，倒卧在仓库的地上。

"感觉如何？"

声音自左侧传来。因为眼睛肿了，视野的一半遭到遮蔽。我微微偏过了头，面向声音的来源。光是如此，就让我整个人疼得冷汗直冒。

"萨特说过，被捆绑的女体是世上最猥亵之物，可我不这么认为哦。"

河都把凳子搬到我的跟前坐了下来。

"我只觉得脆弱而可悲。"

他翘着二郎腿，自高处俯瞰着我。

"这世上最大的不幸，就是生为女人。女人有着悲剧性的构造，因为子宫的关系饱受痛苦，体躯羸弱，肌肉很少。无法抗拒，易于屈服，女人就是这样被创造出来的。

"因此，男人建立了一个男性主导，服务男性的社会，还构建了剥削女性的体系。这般不讲理的行径已经持续了数百万年，即便如此，女人仍以这样悲剧性的构造诞生。还有比这更不幸的吗？真是完美的绝望啊。"

河都飞快地说完，然后低下了头。

他那无助的表情看起来就像一个迷路的孩子，这或许是我头一次窥见他的真面目。

或许他也是漂流者，一直在探寻，但始终未有所获。所以我才会被河都吸引吗？

躺在地板上的我回想着那样的事，贴在脸颊上的水泥地寒冷彻骨，模糊的意识逐渐清晰起来。

"你……"这声音嘶哑得简直不像是自己的，"要杀了我？"

"嗯，"河都点了点头，"要是放你回去，还不知道会做出什么。很遗憾，只能请你消失了。"

曾经爱过的男人好似处理大件垃圾般波澜不惊地说道。

或许我在心中的某处一直有所期待，期待河都会将我视作特别的存在，所以我才会手无寸铁地去找他。的确是脆弱而可悲。

"还请放心，我是不会把你埋在山里的。我会完美地处理掉你的尸体，保证没人能够找到你。"

河都站起身来，我扭动着身体试图逃跑，被他两步就追上了。河都用胶带封住我的嘴，然后双手缠住了我的脖颈。

"别做出那种表情，你的人生就是一个笑话。"

河都为双手灌注气力，脖子承受着重压，呼吸越来越困难。我闭上了眼睛。

结束了，我要死了，已无计可施。但请救救她们吧，拜托了，求求你，拜托了。

我拼命祈祷着。虽然知道并无神明，但我能做的唯有祈祷。

随着剧烈的苦痛，意识逐渐远离。

家人的身影浮现在了眼前，是母亲，还有——

突然间，耳边响起玻璃碎裂声，紧接着是重物倒地的声音。

究竟发生了什么？我一边剧烈地咳嗽，一边撑开眼睛。

眼前是黛玛与和泉，她们的脸因悲痛而扭曲。

她俩怎么会在这里？是濒死的幻觉吗？

"瑠衣！"

两人呜咽着把我扶了起来。

好痛，这不是幻觉。

"太过分了……"

"为什么……伤得那么重。"

两人替我解除了束缚，身旁是破碎的波本威士忌瓶和倒地不起的河都，他似乎晕了过去。

手脚的胶带被撕了下来，我的身躯恢复了自由。

可我连独自站立的气力都没有，两人用肩托着我走向仓库的出口，脚底的高跟鞋在地板上叩叩作响。

"你们怎么……知道这里的？"

"手机软件。"黛玛简短地应了一句。

"一个月前，我们三个不是在手机里装了 GPS 追踪软件吗？我们就是通过这个找到了瑠衣。"

没错，是装过这个软件。进退维谷之际，我连这种事都忘了。

"对不起。"

"别道歉。说实话，我们也不知道发生了什么。但是我们很清楚，瑠衣伤成这样全都是为了我们。"和泉的声音带着哽咽。

"但是以后别再一声不吭地离开了。"黛玛的呼吸带着颤抖。

"对不起。"

出口近在眼前，我们再走几步就能出去了。

就在这时，凳子从视野的边缘飞了过来。

划破空气的凳子以极快的速度撞向出口，刺耳的金属声回荡开来。

黛玛与和泉惊叫着回过了头。

河都站在那里，盯着地板上破碎的瓶子。

"这可是很难搞到的波本威士忌啊。"

他抹了抹头顶淌下的血迹，把脸转向了这里。

"一次性解决三个可真麻烦呢。"

他缓缓地靠了过来。

"快逃，别管我了！"

我已经动不了了，至少得让她们两个逃走。

"别傻了，不是说好了同生共死吗？"

"瑠衣你先待在这里。"

黛玛与和泉将我的身子靠在墙上。

"不行，你俩快逃！"

我连站立的气力都没有，唯有缓缓瘫坐在地。

两人护着我站了起来。

河都迈着悠然的步伐前进，漆黑的眼眸凝视着我们。

我们之间的距离越来越短。

黛玛抓起地上的凳子，狠狠地砸向了河都。凳子撞上了大腿，河都的动作顿了一顿。

与此同时，黛玛与和泉冲了出去，大叫着发动了攻击。

黛玛挥拳打了上去，河都上身后仰躲过了这一击，随即一拳打中了黛玛的肚子，黛玛娇小的身躯登时弯成弓形倒在了地上。

和泉企图用身体撞倒河都，河都却纹丝不动。他轻巧地抓起和泉的身体，把她摔在了地面。

舍身一击被轻易化解了。黛玛与和泉双双倒地，痛苦地呻吟着。

"真的又脆弱又可悲，我打心底里同情你们。"

河都扫兴地抬起了脚。

"不要。"

微弱的声音根本无法传达。

河都交替踢着黛玛与和泉，每一次殴打都伴随着含混不清的哀嚎。

"住手！"

我匍匐在地上哀求道。

河都连看都没看我一眼，默默地行使着暴力，两人的惨叫声越来越小。对着无力抵抗的身体毫不留情地穷追猛打——

回过神来的时候，我已经站了起来，身体像在燃烧一般火热。

黛玛与和泉朝着我看了过来，虽然虚弱，但意识犹在，我凝视着两人的眼睛点了点头。

河都瞪大眼睛，停止了暴行。

"好厉害啊，明明已经打得你动弹不得了，为什么还能挣扎到这种地步？是因为对这些孩子的爱，还是身为共犯的诅咒呢？"

我也不甚了了。爱也罢，诅咒也罢，都无所谓，只要赐予我力量就行。

让我挺身站立，让我们相系相连。

吸气，吐气——我凝视着和我对峙的敌人。

"还敢来挑战我吗？太棒了，我尊敬你。"

但河都又摇了摇头。

"可你敌不过我。"

这种事我自然再明白不过，所以就要放弃并屈服吗？

不好意思，我要战斗到底，苦苦地挣扎下去。

我们不会变成悲剧，也不会沦为笑话。

只有一次机会，即便将全身的力量都压榨出来，也只够行动一次。我要将一切都赌在这唯一的机会上。

河都挥舞着青筋暴起的拳头，光是魁梧的身体就激起了人本能的恐惧。

我看了一眼黛玛与和泉，两人正痛苦地扭曲着脸。

我的恐惧顿时消散了。没事的，我们一定会找到出路的。

我摆好了架势，河都悠然地迈开了脚步。

就在此刻，黛玛与和泉抱住了河都的脚，用身躯拖住了他。魁梧的躯体登时失去平衡，跪倒在了地上。

太好了。仅仅通过眼神的交流，她们就理解了我的意图。

"瑠衣！"

两人一边呼喊，一边拼命按住暴怒的河都。

我点点头，弯下腰来，脱下高跟鞋拿在手上。

我赤脚蹬在冰冷的地面上，用尽最后的力气拔足狂奔。

河都错愕地瞪大了眼睛。

我或许不是你的对手，但我们是不会输的。

我用力挥舞着手上的东西。

高跟鞋砸向了河都，超过十厘米的尖锐鞋跟刺进了他的耳孔。

河都的身体开始痉挛起来，他一边痉挛，一边用手把高跟鞋往回推，真是惊人的力量。

我不甘示弱地用双手把高跟鞋往里推，可对手的气力更大，我被一点一点推了回去。

就在这时，黛玛与和泉同时冲撞着河都，反作用力令鞋跟深深地扎了进去。

压力瞬间消失了。河都宛如断了线般瘫软下去，倒在地板上剧烈地抽搐着。

一双忙乱的眼眸捕捉到我，视线重叠在了一起。

就在那一瞬间，河都露出了微笑。或许是看错了吧，我觉得他确实笑了。

我一直盯着河都，直到他完全不动为止。

"瑠衣，快走！""逃吧！"

黛玛与和泉拽着我的手离开了仓库。

夜已深沉，外边一片漆黑。

"赶紧离开这里。"黛玛望着黑暗说道。

"开这辆车走吧，"和泉指着凯迪拉克，"钥匙还插在上面。"

黛玛坐进驾驶座，和泉坐上了副驾驶座，我躺倒在后座上。

凯迪拉克抛下了主人，向前进发。

"怎么办？去哪里？"

黛玛小心翼翼地操纵着变速杆。

"先去医院。"和泉回头看着我。

"不，不用了。"我轻轻地挥了挥手。

"可你伤得很重。"

"没有看上去那么重，"事实上，就算开口说话也很痛苦，可我仍不愿去医院，"回和泉家吧，得准备一下。"

"准备什么？"

我拿出手机，日期已经变了。

"今天是重要的日子吧。"

黛玛与和泉讶异地皱起了眉，然后哦了一声点了点头。

今天，二月十四日。

是举办星光★宝贝成立四周年纪念演唱会的日子。

*

当我们驾驶着凯迪拉克抵达演唱会现场时，经纪人土井露出了惊诧之色，当他看到我伤痕累累地从车里出来时，更是大吃一惊。

"到底发生了什么？"

土井低声询问，为了不让任何人进入后台，用身体遮住了门。

"请先别问。"

我摸了摸脸，左眼高高肿起，丧失了一半的视野。虽然用市面上贩卖的强力止痛药强压下去，但身体还是不停地发出惨叫。

黛玛与和泉的脸上虽没有瘀伤，但手脚上有显而易见的遭到施暴的痕迹。

"请让我们先集中精神完成演出。"

"……我明白了，我会在外边等着的。"

土井转过身去，却迟迟不愿离开后台。

我们不知发生了什么，纷纷看向土井。

就在这时，他转过头来对我们说：

"非常抱歉，要是我能早点察觉到就好了。"

虽然他的脸上依旧表情匮乏，但声音里充满了悔恨。

看来土井已经知道了，知道我们做出了无法挽回的事情。

恐怕与河都一样，是在上演假逮捕剧的时候窥见了端倪吧。停止私人调查所的搜索活动并非出于资金原因，而是为了保护我们。

"虽然现在说这些有些迟了，但如果你们需要我的协助，请务必跟我说。"

土井将手伸进西装口袋，抽出了三张细长的纸片，是飞机票。

"我已经为你们准备好了藏身的手段，由于时间匆促，可能准备的不够仔细。"

意想不到的对象向我们抛出了始料未及的方案。

面对瞠目结舌的我们，土井淡然地说：

"要是还有什么棘手的证据遗留的话请一并告诉我，我会自行删除的。还有——"

"不是，土井先生。"

我忍不住打断了他的话。

"非常抱歉，我突兀的发言让各位糊涂了吧。那我从头开始再解释一遍，首先，关于藏身的手段——"

"不是这个意思。"

正因为理解了他的话，所以才会混乱。

"你知道我们做了什么对吧？即便如此，还是愿意帮助我们吗?"

"是的，我会帮忙。"

他不假思索地回答道。

计划失败了，我们的罪孽再难掩盖。到了如此地步，他还打算不惜毁掉自己的人生，成为我们的共犯吗?

"为什么?"

我只问了这三个字。

黛玛与和泉也似探寻真意般凝视着土井。

"因为我是经纪人，支持各位的工作是我的职责，不管发生了什么。"

土井毅然决然地向我们宣告，他和每一个成员都对视了一眼，严肃的表情简直像在瞪人。

那个表情令我想起了过去的情景，当他和我在街上偶遇时，当他在现场守望着我们时，土井都流露出同样的目光。

我以为他在怀疑我们，以为他想揭露我们的罪行。我错了。

土井一直在担心我们的安全和前途。

"今后的事情由你们三人决定，不管决定是什么，我都会最大限度地尊重各位的选择。"

他再度背过身去。

"今天的演唱会，请务必成功。"

言毕，土井离开了后台。

＊

"来了好多人啊。"

黛玛站在舞台的侧边说道。

"因为最近的演唱会反响很好，所以来了很多新客人。"

和泉兴奋地说道。

"大家的表情都很棒呢。"

微笑的表情，认真的表情，开朗的表情，严肃的表情——观众席上没有两张完全相同的面孔，大家的反应都很不错。

"原来这里就有啊。"

黛玛感慨地说：

"我的目标是早点走出这样的小会场，在更大的天地里表演，但我想要的东西其实这里就有。"

我与和泉使劲地点了点头。

换作之前，我可能无法理解黛玛的话，但此刻的我完全懂了。

我们曾在泥沼中挣扎，一直以为所求之物在更高的位置。但即便身在泥沼，我们其实也早已拥有所求之物，只是之前没能意识到而已。

土井那边也是如此。在此之前，我们认为经纪人在土井眼里不过是谋生的行当，他对组合并没有投入多少感情，从未想过他会为了我们舍弃自己的人生。

或许还有很多事被我们漠视了，忽略了，错过了，最终导致了现在的结果。

为时已晚了吗？已经结束了吗？

不，一定还有能做的事——

"喂，摆个圆阵吧。"

听到我的声音，穿着演出服的黛玛与和泉回过了头。

我伸出手，两人把手叠了上来。

"今天的登台助威就交给瑠衣咯。"

"我？"

"四周年演唱会嘛，得让初代成员上才行。"

和泉的话语令往事一齐涌上心头。

我回想起成为偶像的那些日子，虽说大都是些痛苦的回忆，但不知为何，我的内心异常平静。

"正好在四年前的今天，星光★宝贝成立了。"

那天也是结成圆阵后参加了出道演出，当时的成员除了我以外一个都没留下，大家都从偶像生涯毕业，走上了不同的道路。

"出道的时候，我们是七人组合。"

之后经历过数次成员的加入与退出，变成了如今的三人组。

"有一段时间，成员多得可以组个足球队呢，现在真是少得可怜啊。"黛玛轻松地笑道。

"现在哪怕连室内五人足球也不够了。"和泉低下了眉梢。

"嗯，不过三人也挺好的。"

我握住了黛玛与和泉的手。

"有我们三个就足够了。"

我们把手牵在一起，互相看着对方。

"为了来到这里我们经历了很多事，尤其是在这一个月里。"

黛玛与和泉表情肃穆地点了点头，握在一起的手上瘀斑累累，那是战斗留下的痕迹。

我们一直在战斗，而战斗仍将继续。

"今后的我们要怎样前进呢。"

是自首，还是借助土井之力逃跑？

等到演出结束后再做选择吧。我们三人如此决定。

"说真的，对我来说怎样都行，只要三个人继续当偶像，无论是监狱偶像还是逃亡偶像都无所谓。"

黛玛与和泉天真地笑着。是啊，只要有这份笑脸就足够了。

"即便我们三个就这样不停地往下坠落，永远无法从深渊脱身，我也能笑出声来，笑我们一败涂地，笑我们无药可救。"

我抵达了漂流的终点。

就是这里——相伴在你们身边，就是我的归宿。

黛玛吸了吸鼻涕，和泉抹了抹眼角。

"那我们上吧。"

助威结束后，我们站在了舞台上。

巨大的欢呼声响了起来，超过百人的观众席全部满座，单独演唱会达到这样的人数已是久违之事。

多亏了妆容和演出服装，暂时遮掩了我们的伤痕。

我挥手环视着观众席，却在一瞬间停了下来。那是因为我看到了意想不到的人物。

一个戴眼镜的男人正目不转睛地凝望着我。

毫无疑问，是他，那个单推我的初中老师。

——你为什么要成为偶像？

我想起了一个月前在特典会上被他问过的话。当时的我什么都答不上来，让他深感失望。

本以为他永远不会来了，可他还是站在了这里。

我伸手指向了他，随后将手转向自己。他用力点了点头。

请好好看着我吧。

我究竟为了什么而成为偶像。

虽然无法付诸言语，但我相信这份心意一定能够传达出来。

只要来看这场演唱会，这份心意就一定能够传达给你。

今天是二月十四日，正好是个适合传达心意的日子。

开场曲的旋律奏响。

随着前奏，观众纷纷摇摆起来，黑色的头发在四面八方不停晃动，化作了暗夜之海的波涛。

我向那片暗夜之海伸出手，随着指尖的微颤，我缓缓吸了口气。

来吧，帷幕即将升起。